江上 剛

退職歓奨

実業之日本社

実業之日本社文庫

目次

耳したがう　5
おうちに帰ろう　49
紙芝居　101
ゆるキャラ　141
夫、帰る。　181
ハローワーク　221
私の中の彼女　261
跡継ぎ　305

耳したがう

1

島田三郎《しまださぶろう》は、社長室へと足早に向かっていた。手には、故郷丹波《たんば》の黒豆の枝豆のパック詰めを下げていた。

丹波は、盆地で寒暖差が激しい。その地で採れる黒豆は、本当にまん丸で、真っ黒だ。今にも大地のエネルギーがその中からはち切れて飛び出しそうなほど膨《ふく》れている。これを数日かけて、ふっくらと皺《しわ》が出ないように煮たものは、京都の料亭で高級料理として提供される。その黒豆を、収穫にはまだ早い十月に茹《ゆ》でて枝豆として食べるのだが、それが最高に美味《うま》い。見た目は、少し黒ずみというより紫がかっていて、決してよくないが、味は最高だ。甘く、ほくほくとした実の充実感はなんとも言えない。大地の命を頂いているという感覚に満たされ、身体《からだ》からエネルギーが湧《わ》いてくる。

昔は、農家がその年の黒豆の出来を見るために間引いたものを茹でて食べていた。それがいつしか、美味いと評判になり、今では十月の一時期しかない、非常に珍重される食べ物となってしまった。

島田の実家は、農家ではないが、この時期になるとこれを手に入れ枝つきのまま送ってくる。老いた父親が、実家を継いだ亡くなった兄の子、島田からすれば甥《おい》の良雄《よしお》に命じて買いに行かせるのだ。

「ありがたい、ありがたい」

島田は、笑みを浮かべながら呟《つぶや》く。本来なら六歳上の兄が五十歳を目前に急死した際、実家を継がねばならなかったのだ。

しかし、父は、良雄が立派に成人していたため、「お前は、自分の好きな道を行け」と言ってくれた。

兄嫁もいい人だった。きっと父や母と上手《うま》くやってくれるだろうと思った。東京で暮らす家族を、自分の都合で故郷に連れ帰ることはできない。妻も子どもも大反対するに違いない。それぞれの生活があるのだから。島田にしても会社を辞《や》めて、故郷に帰るという選択肢はなかった。島田が勤務する本条《ほんじょう》工業は、海外で発電などのプラント工事を請け負うことを主な業務にしている会社だ。ちょうど兄が亡くなった際、島田は海外プロジェクトを手掛けていた。実家の都合でそれを放り出すわけにはいかなかった。それに今さら……という思いが先行した。結果として父の言葉通り島田は会社を辞めずに東京に残った。

毎年、季節になると黒豆の枝豆が届く。心配ない、実家はしっかりやっているという父からの知らせだ。母親も数年前、長く患《わずら》うことなく亡くなった。父は、今、八十九歳だ。まだ畑仕事をしている。良雄は、町役場に勤めていたが、いつの間にか町は市に昇格し、良雄も市役所の課長になっている。兄嫁も元気に父の世話をしてくれている。

「ありがたい。万事好都合だ」

島田も五十九歳になった。来年は還暦だ。常務という役職についている。役職定年は六十三歳。あと四年ほどだ。専務、その上と進めば定年は延びる。しかし、そんなことは考えないようにしている。会社を退《しりぞ》いたからといって故郷に帰るわけにはいかない。なにかしたいということがあるわけでもない。まだまだ頑張れると思いながら、その日を迎えるまで精進するだけだ、と言い聞かせている。

社長室の前に立った。ドアノブを握りしめた。この前に立つといつも緊張する。まるで新入社員になったのではないかという気分だ。それもそのはず社長の諫山秀《いさやまひで》雄《お》とは長い付き合いだ。新入社員の時から面倒を見てもらっている。諫山には頭が上がらない。

しかし、言いなりの関係ではない。言うべきことは言ってきた。それを受け止める度量も諫山にはあった。

島田が諫山と初めて仕事をしたのはミャンマーの水力発電プロジェクトだ。諫山がプロジェクトリーダー。島田はその直属だった。

諫山はA社製の発電機がいいと言った。しかし、島田はB社製の方がいいと主張した。A社製は、ブランドではあったが価格が高く、初期導入費用がかかりすぎた。B社製は、価格が手ごろだが、メンテナンスに費用がかかる懸念があった。メンテナンスなんかするもんか、俺たち日本人みたいに長く大事に使うっていう発想がないんだぞ、諫山は言った。メンテナンスを教えますすよ、それが技術移転にもなります、それにこの価格でないと入札に負けてしまいます、負ければなにもかも水の泡です、島田は主張した。周囲のチームメンバーが心配するほど強い口調だった。諫山は、島田の目をじっと見つめた。島田も視線を外さなかった。外せば負けると思った。諫山がふっと笑みをこぼした。島田も笑みを浮かべた。分かった、今回は島田の意見を入れよう、その代わり入札に負けたら承知しないぞ、諫山は言った。島田は、ありがとうございますと深く頭を下げた……。

面白い奴《やつ》だ、なかなか骨がある、諫山は島田のことを周囲に話したと聞いた。以来、島田は、諫山の下で何度かプロジェクトを手掛け、諫山が取締役営業部長になった際には、その下で課長として働いた。

諫山は実力が抜きんでていた。若い頃から社長候補だった。そしてそのまま予測通りに出世し、力をつけ、五年前に社長になった。いつしか社内では島田のことを「諫山派」の一人とみなすようになった。

しかし、社長の任期は一期三年で、会社の暗黙のルールとして二期六年が限度となっている。誰が決めたわけではないが、それ以上の期間、社長を務めた人は数少ない。

諫山は社長になってから他社を買収するなど積極的な経営を行ってきた。そのお蔭で企業規模は五年前に比べるとかなり拡大し、売上高は連結で二千億円ほどになった。プラント、エンジニアリング企業としては上の部類だろう。本条工業は、社歴こそ六十年になるが、地味で目立つ会社ではない。そのため積極的に規模を拡大した諫山は中興の祖と言われることもあった。

会社の規模が拡大するにつれ、諫山のカリスマ性は増し、二期六年などと言わずもっと長く社長をやるべきだと言いよる者も社内には現れるようになった。島田も諫山がもう少し長く社長をやってくれることが望みではあるが……。

ドアを開けた。

執務机で書類を読んでいた諫山が顔を上げた。

「おう、島田、どうした？」

諫山は、昔のままの口調で島田を呼んだ。

「社長、これです」

島田は満面の笑みで手にぶら提げたビニール袋を持ち上げた。半透明の袋から萌《もえ》黄《ぎ》色の枝豆が見えている。

「おう、もうその季節か」

諫山は相好を崩した。島田は、毎年、諫山に枝豆を届けている。

「はい、今年も出来はいいそうです。実家からは枝つきで送ってきますが、私が実だけを取っておきました。ただしほんの少しだけ社長の楽しみに枝つきを残しておきました」

「それはありがたい。枝つきの実を外しながら口に入れるのもオツだからな。まあ、そこに座れよ」

諫山は、ソファを指差し、自分も執務机から離れた。

島田は言われるままにソファに座った。テーブルの上に枝豆の袋を置いた。

諫山は、その袋を手に取るとしばらく眺めていた。

「お父さんはお元気なのか」

「ええ、お蔭さまで。この枝豆が元気の頼りですよ」

「そうか……。お前には故郷があっていいな」

「社長は、東京ご出身ですからね。でも東京は素晴らしいところじゃないですか」

「まあ、そうだな。親父の転勤であちこち行って、住みついたのが杉並区《すぎなみ》だ。昔は森と畑ばかりだったが、今ではマンションと住宅ばかりになってしまった」

「でも私のような田舎者にとっては杉並区に御自宅、それも邸宅があるなんて羨《うらや》ましいですよ。私は、世田谷《せたがや》区のマンション住まいですから。社長から家を買うなら都内で通勤が一時間以内にしろと言われて、決めたのが今のマンションですからね」

「そんなことを言ったかなぁ」

「おっしゃいましたよ。まあ、良いマンションでした。買ってすぐにエジプトに長期出張。女房からマンションなら他人に貸すのに便利でいいわねと皮肉ともなんとも……、言われましたがね」

「そうだったか。それは悪かったな」

諫山は、笑みを浮かべた。なんだかいつもより穏やかに見えた。

「それではお邪魔しました。失礼します。私は、この枝豆を届けるためだけに参りましたので」

島田は腰を上げようとした。

「まあ、待て。重要な話がある」

諫山の視線が鋭くなった。

島田は座《すわ》りなおした。

「俺も来年で任期が切れる」

諫山は、島田を見つめた。

島田はどきりとした。気持ちが高ぶっていた。まさか後任の社長に自分を推薦する気ではないだろうな。そう思う気持ちが込み上げてきたのだ。欲を出すな、欲を出してはロクなことがない。分相応にしていろ。母親がいつも言っていた言葉だ。

それが急に頭を駆け巡る。

「二期六年というのはおかしいという声があります。交代される理由がありません」

島田は動揺を抑えて言った。

「ありがとう。そういう声があるのは聞いている。まあ、それは昔からの内規だ。

お前の言葉は嬉《うれ》しいがな。だから来年にやるべきことをやりとげたい」

諫山が、ぐっと迫ってくるような気がした。

「なにをお考えですか」

島田は訊《き》いた。

「なにも聞いていないのか」

諫山の目に、一瞬、疑念が浮かんだ。

「聞いておりません」

「相変わらずだなぁ。仕事オンリーというわけだな。それがお前のよいところだ」

諫山は、優しげな笑みを浮かべた。

島田は、常務になりながら社内政治には関心がなかった。というより関心を向けないようにしていた。それよりも仕事がおもしろかったと言うべきだろう。出世は結果だ。そう思うようにしていた。同期や他の役員からは、もう少し社内政治に気を使えとアドバイスを受けることがあったが、無視していた。しかし口さがない連中は「島田常務は諫山派だから、諫山の実力で引き上げてもらうから、島田は社内政治に無関心でいられるのだ」と噂した。

「実はな、俺は、なんとしてもやり遂げたいことがある」

「なんでしょうか」

「それはな、合併だ」

諌山の目が異様に大きく見開いた。瞳《ひとみ》の中に自分の驚く顔がはっきりと認識できるようだ。思わず大きな声を出そうとして口をふさいだ。

「驚いたか」

まるで子どもに言うような口調だ。プレゼントを渡して、期待通りのリアクションを起こした際に喜ぶ父親の顔だ。

「驚きました。どこの会社と合併するのですか」

「そう急ぐな。まだ決まったわけじゃない。相手は五菱《いつびし》重工業だ」

「えっ」

島田が、息が詰まりそうになった。そのまま気を失うかと思った。合併と聞いた時よりも驚きは何倍も大きい。五菱重工業といえば、日本で最大の重工業企業だ。また五菱財閥の中核企業でもある。

「驚いたろう」

「ええ、息が止まりそうになりました」

「反対か」

「反対もなにも……、ただ相手がすごいです」

「俺は最適だと思っている。グローバル化した時代では、ナンバー1しか生き残れない。ナンバー2では無理なんだ。五菱重工業と合併すればナンバー1になれる」

「しかし……」

島田は表情を曇らせた。諫山が笑みを浮かべた。

「お前の懸念は分かる。なぜ同じようなエンジニアリング会社と合併しないのかというんだろう。相手が大きすぎる。これでは合併ではなく、吸収されるだけだとな。そんなことになれば本条工業はいったいどうなる、私たちはどうなる。みんな顔に書いてあるぞ」

諫山はからかうように笑った。

「いえ、そんな……」

島田は眉根を寄せた。

「五菱重工業の社長とは大学が同期なんだ。親しい間だ。奴と久しぶりにゆっくり飲んだ。奴からの誘いだ。下心があったのだろう。重工業会社としてもう一回り飛躍するには、工事部門を強化したい。ついては合併という形で我が社と一緒になってくれと頭を下げられた。新会社には本条の名も入れる。会社の業務が重ならないのはお互いにメリットがあるだろう。俺は、考えた。どうせナンバー1になるなら、圧倒的なナンバー1がいい。同業者といくらくっついても所詮はたかが知れている。しかし五菱重工業と組めば、とてつもない仕事ができるとな」

「でも五菱グループ以外の機器は使えなくなるのではないですか」

島田が興奮気味に語る諫山に水を差した。

「そんなことはない。どこの機器でも使っていい。我が社はあくまで工事屋だ。だからクライアント次第だ。むしろクライアントの要望をストレートに五菱重工業に伝えることで彼らの製品開発にも貢献することになるだろう」

「五菱の一部門の会社になってしまうんですか？」

島田は渋い表情になった。

「そうじゃない。合併といっても持ち株会社を両社で作り、それぞれがそこにぶら下がる。五菱の方も分社化を進めるんだ」

「そこまで決まっているんですか」

「だいたい合意している」

「社内では誰がこれに……」

諫山は、若手の企画部員の名前を挙げた。

「役員では?」

「誰も知らん。相談しても頼りにならない奴らばかりだからな。今、お前に話すのが初めてだ」

諫山はにやりと笑った。

「反対の可能性があります。相手が大きすぎます」

島田は硬い表情で言った。

今まで諫山が手掛けたのはすべて買収だった。本条工業が相手を飲み込む側だった。だから社内で反対はなかった。人事上も相手企業にたいして譲歩することもなかった。今度は違う。相手が五菱重工業となると誰が見ても吸収されるのは、本条工業だ。こうなると今までとは様相が違ってくる。社内で強く反対する者も出てくるだろう。

諫山は不機嫌《ふきげん》な表情になった。

「お前もたいした人間じゃないな。相手が大きいから合併するんじゃないか。ナンバー1にならなければ意味がないんだ。そんなことも分からないのか。このままでは我が社はじり貧だ。グローバル化に乗り遅れる。五菱と合併してみろ、どんな大型のプラントだって取りにいくことができる。このことに反対する奴は、俺が叩《たた》きだしてやる。それはともかくだ。島田、新会社では俺はお前に期待しているぞ。次の役員会で合併について提案するつもりだ。まあ、俺にたてつくような骨のある奴はいないだろうがな」

諫山は、声に出して笑った。

期待している、という言葉が島田の頭の中でリフレインしていた。

2

「島田常務」

島田が役員フロアーを歩いていると、背後から声がかかった。

振りかえると、安岡《やすおか》専務がいた。次期社長候補の筆頭格だ。

「はい、なんでしょうか?」

「ちょっとお時間がありますか?」

安岡は、アセアン担当の役員らしく日焼けした顔を向けた。

「ええ、大丈夫ですよ」

島田は答えた。

「ではちょっと一緒に、お願いします」

安岡は、周囲を警戒するかのように頭を動かした。いつもは豪放磊落《らいらく》という雰囲気を醸《かも》し出しているのに今日は妙に慎重だ。

「どこへ行くのですか」

「会長室です」

「会長？」

会長の猪川《いがわ》は、諫山の前任だ。取締役ではあるが、代表権はない。

社長としては、有能ではなかった。諫山に社長を禅譲するというより奪われてしまったようなものだった。本人は代表権を持ちたかったのだが、諫山が二人も代表権を持つことはないと主張した結果、肩書は取締役だけになってしまった。だから諫山とは反りが合わない。

島田は、「諫山派」と思われているため猪川とは親しく話すことはない。役員として報告などはするが、それくらいだ。

「会長が、ぜひ君と話したいことがあるというんだよ」

安岡の表情が硬い。

猪川の部屋は、役員フロアーの一番端にある。

安岡がドアを開け、「島田常務をお連れしました」と声をかけた。

「待っていたよ」

猪川の特徴のあるしゃがれ声が聞こえた。他にも誰かいるようだ。

「失礼します」

島田が執務室に入った。突き刺さるような視線を感じた。

同期の諸岡《もろおか》常務と顔が合った。島田とは出世を競ってきた仲だ。だからと言って関係が悪いということはない。良きライバルと言ってもいいだろう。後輩の常務の市《いち》瀬《せ》もこちらを見ている。

「どうしたんですか？　まるで役員会のようですね」

島田は、やや口元をひきつらせ気味に笑みを浮かべた。猪川たちの表情からは余裕は感じられない。執務室内は、硬質な雰囲気に満ちていた。

「まあ、座ってください」

猪川が自分の目の前のソファを指差した。諸岡と市瀬が立ち上がり、島田にスペースを空けた。安岡は、猪川の隣に座った。まるで拉致《らち》でもされたかのように窮屈な気持ちになった。

猪川の目が優しくなった。しかしそれは心からの優しさではなく、相手に警戒感を起こさせないような笑みだった。

「聞いていますか、なにかを」

猪川は言った。穏やかに穏やかに、慎重に、慎重に。

「なにをでしょうか」

「お分かりでしょう？　合併です」

島田の目が一瞬、厳しくなった。

猪川がくぐもるような笑いを発した。

「島田常務は、嘘《うそ》のつけない人だ。顔に出ていますよ。聞いているんですね」

「合併のことなど知りません」

「正直に言ってくれないか。私たちは本条工業を守るための同志なのだから」

安岡が必死の表情をした。

「おい、島田、お前は諫山派と言われているが、合併に噛《か》んでいるのか？」

諸岡の息遣いが荒い。

「本当に五菱重工業となんか合併していいんですか。今まで努力してここまでやってきた意味がありません」

市瀬は泣き顔だ。

「島田常務、あなたは諫山派なのですか」

猪川が訊いた。

「諫山派だとかなんとか、そんな派閥があるんでしょうか?」

島田がむっとした表情を猪川に返した。

「あなたは諫山さんの引きで常務にまでなられたのではありませんか?」

「さあ、どうでしょうか」

「その諫山さんですが、本条工業を消滅させようとなさっています。五菱重工業などと合併だか持ち株会社だか知りませんが、夢みたいなことをお考えのようですね」

諫山は、島田に向かって役員の誰にも合併のことを話していないと言っていた。しかしここにいる猪川たちはすべて承知だ。諫山は、いささか傲慢《ごうまん》になっているのではないだろうか。

猪川たちの力を見くびっているのだろう。知られていないと思うのも傲慢さのなせる業だし、知られていてもなにもできない連中だと思うのも傲慢さからだ。

「私はなにも聞いていません」

島田は強い口調で言った。

「六十年以上も伝統のある本条工業を消滅させることにあなたは賛成なのですか?」

猪川は島田を睨《にら》んだ。

「私は、知りません。そんなこと」

島田は苛立《いらだ》ちを表に出した。

「いいでしょう。ではお聞きなさい。諌山社長は、私たちに相談もせずに勝手に五菱重工業との合併を進めています。それは確かです。私たちは、それを阻止したいと思っています」

猪川は、感情を押し殺すような表情をした。怒りで煮えたぎっているのだが、それを表に出すことはしたくないとでも思っているのだろう。

「諌山社長は、来年に任期切れだ。退任したくないために五菱重工業との合併を画策しているんだ。自分はちゃっかり社長に収まる腹だ。どこまでも自分のための合併なんだぞ。許せないだろう」

安岡が腹立たしげに言った。

諌山は自分が退任したくないために合併をしようとしていると言うのか。そんな人間ではないと島田は思いたかった。

「お前は新会社で特別扱いをしてもらう約束が出来ているんだろう」

諸岡が皮肉っぽい口調で言った。

「なんだと！」

島田は諸岡に向き直った。

「噂になってるぞ。お前は新会社で副社長になるそうじゃないか。ゴマを擂《す》ってきた甲斐《かい》があったというものだな」

「おい、同期だと言っても口が過ぎるぞ」

島田は拳《こぶし》に力を込めた。これ以上なにかを言うなら殴るつもりだ。

「島田常務、お怒りになるなら、私たちと一緒に合併反対派になってください。島田常務が、私たちについたとなれば、迷っている他の役員や、諫山社長になんらかの甘い話を聞かされている役員の方々もこちらになびかれます。私たちは純粋に本条工業の栄えある歴史を守りたいのです」

市瀬が、すがるような目で言った。

期待しているぞ、という諫山の言葉がリフレインしてきた。他にも同じように言われた者がいるのだろうか。市瀬の話し振りだとそのように思えるのだが……。自分だけだと思っていた島田の心に薄墨《うすずみ》のような影が差した。

島田は自分の心の揺らぎが情けなくも、いとおしくもなった。諫山だけじゃない。自分も傲慢になっているじゃないか。諫山から特別に扱われたような気になって少し有頂天になっていたと自覚したからだ。

「あなたがキーマンです。あなたが旗幟《きし》鮮明にしてくだされば、諫山派は崩れます」

猪川は言った。

「島田、考えてくれ。俺は、お前をライバルと思ってきた。もし本条工業が残るなら、俺はお前が社長になってくれることを期待するよ。ねえ、安岡専務？」

「ああ、諸岡常務の言う通りだ。私より若い君が次期社長でいい。私は君を推薦し、支えさせていただくから」

安岡が言った。

「私からもお願いする。断固、合併を阻止しよう。仲間になってほしい」

猪川が頭を下げた。プライドが高いことで有名な猪川が頭を下げるなんて見たことがない。驚きだ。

「会長、そんな、頭を上げてください」

「頼むよ。私は、赤心から本条工業を五菱重工業になんか渡したくない、守りたいんだ。これが最後の役割だと思っている」

猪川の強い視線は、島田を射抜かんばかりだ。

「合併反対とは、どうされるおつもりなのですか？」

実際のところ、島田は、諫山から合併の話を聞いて以来、本当にそれでいいのかと考え込んでいた。本条工業がなくなってしまうのではないかという懸念は拭《ぬぐ》い去れない。諫山の言う通りグローバル化した経済ではナンバー1しか生き残れないだろう。だが、五菱重工業のような巨大企業に飲み込まれてしまって生き残っても仕事のやりがいはあるだろうか。自分の人事が心配ではないと言えば嘘になる。欲は出すまいと思っているが、それでも本条工業のままだともう少し上に行くことが可能かもしれない。しかし五菱重工業と合併すれば、社長の諫山は別としても他の役員などは風前の灯《ともしび》どころか、吹き消されてしまった灯になるだろう。

安岡も諸岡も市瀬も、そして猪川も本音は自分の人事だ。彼らは諫山とそれほど近しくない。どちらかというと強引な経営を続ける諫山に反発を覚えている方だ。安岡は次期社長候補だが、それは猪川が強く推しているからであって、諫山の心中は分からない。もしも内規を破って諫山がもう一期社長をやるとなれば、間違いなく安岡の線は消える。もし諫山が三期やることになれば諸岡か、あるいはもっと若い市瀬に社長ポストが回ってくるだろう。島田も候補の一人ではある。

もし、ここで五菱重工業と合併すれば、そうした思惑はすべて吹き飛んでしまう。諫山が、合併後の新会社で社長になるとすれば、合併に賛成した本条工業の役員たちは生き残り、反対した役員たちは消えてしまうことになるだろう。目の前の安岡たちは勿論《もちろん》、消える部類だ。だから必死なのだ。

「解任するんだ。次の取締役会で緊急動議を提出し、諫山社長を解任する」

安岡が言い放った。顔が歪《ゆが》んでいる。

「緊急動議……」

喉《のど》に声が引っかかってしまった。

3

諫山は、多数派工作をしているのだろうか。市瀬の話だと、何人かの役員に「期待している」という言葉を投げかけているようだ。自分だけではないのが、少し残念で悔しい気がしないでもない。

いや、多数派工作などしていないだろうと思う。あの傲慢とも見える態度からして、絶対に逆らうような役員はいないという自信があるのだろう。ひょっとして猪川たちの反対工作は十分に織り込んでいるのかもしれない。役員の数は二十一名。多数決で決裁する。十一名を確保すれば、合併は動きだす。反対するのは猪川他数名だけだと見越しているに違いない。

猪川会長が、合併反対に動いていますと諫山に御注進に及んだら、なんと答えるだろうか。呵々《かか》大笑し、そんなこと百も承知だ。せいぜいやるがいい。ちょうどうでもいい、役立たずの役員を追い出すいいチャンスだとでも言うだろうか。

猪川たちには、言葉を濁《にご》したままだ。「期待している」と言われてしまった。諫山と同じ言葉に、不謹慎にも笑いを洩《も》らしそうになってしまった。

「旗幟鮮明にしないと俺の立場がおかしくなるな……」

島田は、カウンターに肘《ひじ》を突き、盃をあけた。

「どうしたの？　島田ちゃん、憂鬱《ゆううつ》そうな顔をして。私の料理がまずいの？」

厨房《ちゅうぼう》から女将《おかみ》が声をかけた。

「そんなことないよ。もう三十年通っているけど、まずいことなんて一度もないよ」

島田は、里芋の煮物を口に入れた。ほんわかと甘味と温かみが口中に広がっていく。酒は、八海山《はっかいさん》の辛口だ。

新橋《しんばし》の雑踏から少し外れたところにある「小雪《こゆき》」は島田が馴染《なじ》みにしているカウンター割烹《かっぽう》だ。本名は知らないが、小雪という女将が一人で切り盛りし、五人も入れば、一杯になる。

ある日、営業で失敗して、くしゃくしゃした気持ちになっている時、たまたま目に入ったこの店に飛び込んだ。その時、摘まみにと「甘塩《あまじょ》っぱいけどね」と出してくれた醤油《しょうゆ》豆が嬉しくて涙が出そうになったのだ。それは母親がよく作ってくれたものと全くと言っていいほど同じ味だった。

「お代わりください」島田は、空になった器を差しだした。その時、笑みを浮かべた小雪の顔が母親とダブって見えた。それ以来、なにかにつけてこのカウンターに座るようになった。女将は、亡くなった母親が生きているとすれば、それより少し若い七十代後半だ。

「女将さん、人生って難しいね」

「なにを言っているんだね。今さら。もう島田ちゃんも来年は六十歳になるんだろ？　還暦だよ。五十歳で天命を知り、六十歳になると耳したがうっていうんだよ」

女将は、包丁を持つ手を止めて、きつい調子で言った。

「そうだね。天命なんて気づかない間に突っ走ってしまったな。会社も六十年、俺も六十年になろうとしているのか……。ところでさ、こんなことを言うと恥ずかしいけど、その耳したがうってどんな意味なのかな」

島田は、餡《あん》のかかった揚げだし豆腐を箸《はし》で崩した。

女将は、刺し身を盛り付け始めている。

「そうあらたまって言われりゃねぇ。耳に順と書くんだけどね。六十歳にもなったらもう最後が近いんだから子や孫の言うことをよく聞いて、欲を出すなっていう意味なんじゃないの。はい、イカ刺し。新鮮よ」

イカの刺身が、目の前に来た。半透明の切り身が美しい。生姜《しょうが》を載《の》せて、醤油を少しつけて口に入れる。こりこりとした食感が心を浮き立たせてくれる。

「耳したがうか……」

諫山に従えば、合併が成功した際には、なんらかの論功行賞。もし失敗すれば一緒に討ち死にだ。猪川に従い、合併が破談になれば、なんらかの論功行賞、もし成功すれば討ち死にだ。まさか六十歳を目前にしてこんな選択を迫られるとは思わなかった。安岡や諸岡や市瀬は、合併破談に人生を賭けた。それはそれで見上げた男たちだ。自分のように優柔不断ではない。諫山にしても最後の大勝負に出たのだ。安岡が言う通り、本条工業をグローバル化したいという思いよりも自分の社長という地位をもう一年でも二年でも延ばしたいとの欲望から来る行動なのかもしれない。本人は、成功を信じているが、窮鼠《きゅうそ》猫を嚙むがごとき猪川に逆襲されるかもしれない。なにもせずに、会長か、または副会長でゆっくりと余生を過ごすという選択もあったはずだ。それを選ばなかったのは、やはり見上げた男だ。諫山について行くと決意している役員たちもいるだろう。その連中も人生を賭けている。自分は、誰の耳に従えばいいのか……。

「島田常務、探しましたよ」

唐突に島田を呼ぶ声がした。

振り返ると、部下の瀬戸《せと》だった。

「おう、瀬戸君、どうしたんだね」

瀬戸は、島田の隣に座ると、「明日はミャンマーですよ。深酒されるのではと心配になってきました。ちょっと最近、お元気がないようだったので」と言った。

「優しい部下の人ね。ちょうど島田ちゃんがここに初めて来たころの年齢と同じくらいかな」

女将が、熱いおしぼりを瀬戸に手渡した。

「瀬戸君、今、いくつだ?」

「三十歳です」

「やっぱりね。島田ちゃんもこんな時期があったのよ。今は、偉くなったけど」

「感じのいい店ですね」

瀬戸は、店の中をぐるりと見渡した。

「もう三十年近く通っているんだ。俺と一緒に女将さんも店も年を取ってきたってわけさ。みんなあのころは若かった。瀬戸君も今日をきっかけに通うといいさ。女将さんの死に目に会えるから」

島田がにやりと笑った。

「嫌なことを言わないで。はい、ビールをどうぞ」

女将が、瀬戸の前にグラスを置き、瓶《びん》ビールを抱えた。

「ごちそうになります」

瀬戸は、喉を鳴らして、さも美味そうにビールを飲み干した。

「いいわね。若い人は、勢いがあって……」

女将がほれぼれとした目で瀬戸を見つめた。

ふいになにかの考えが島田にひらめいた。形にはならない。掴《つか》みたくても掴めない。しかし、重要なことだ。それは頭からみぞおち辺りに降りてきて、形にならないまま消え去ろうとしている。島田は顔を伏せ、必死にそのあいまいな物を形にしようと焦った。

「島田ちゃんはね。とにかく貧しい国々に行って、その国を助けたいんだ。そんな仕事をしたいんだって、飲むと口癖《ぐせ》のように言っていたわね。あの情熱が島田ちゃんの原点よね」

「私も同じです。そういう思いでこの会社に入りましたから。明日行くミャンマーもそんな国です。まだまだ私たちの力を必要としています」

瀬戸は勢いよく話した。

「ねえ、女将、さっきさぁ、耳したがうの解釈、なんて言ったっけ」

島田は顔を上げた。

「子や孫の言うことに従って欲を出さないことって言ったわよ」

女将の話を聞いて、島田は、カウンターを両手で叩《たた》いた。パンという弾《はじ》けるような音がした。

「どうしたのよ。島田ちゃん」

女将が目を剝《む》いた。

「女将、ありがとう。さあ、帰るぞ。明日はミャンマーだ」

島田は立ち上がった。瀬戸も立ち上がった。

「島田ちゃん、言い忘れたけど、迷ったら原点に戻るのよ。原点にね」

女将が微笑《ほほえ》みながら言った。

「分かった。原点に戻るよ」

島田は、のれんを勢いよく払った。

4

ミャンマーはインドシナ半島の西に位置し、中国、ラオス、タイ、インド、バングラデシュと国境を接している。国土は日本の約一・八倍の広さ。人口は約六千万人。民族はビルマ族が約七十パーセントを占めるが、他にシャン族、カレン族など百三十余りの民族で構成されている多民族国家だ。民族紛争が完全に解決されたというわけではなく、テロが起きることもある。

宗教は約九十パーセントの人々が上座部仏教徒だ。だからなのか島田はこの国に来ると、ほっとする。出会う人々が、皆、穏やかなのだ。肩がぶつかったり、あるいは不愉快な思いをした時に、彼らは必ず、すみませんと謝る。アジア人は、日本人と顔が似ているが、謝る国民は少ない。日本人は、なにかと、すみませんと言うが、他国はそうではない。謝るということは、自分の非を認めることになり、交渉で不利になる。だから対立がエスカレートすることが多い。謝ることが習慣づいている日本人からすると、それは驚きだ。一言、ごめんなさいと言ってくれれば、ここまでこじれなかったのに、と思うことがしばしばある。

ミャンマーの感覚は日本人と同じだ。島田が、ミャンマー好きなのは、穏やかな国民性も要因として大きい。

経済的には、アセアン諸国の中で最貧国の一つだ。一人当たりのGDP（国内総生産）という数字でその国の豊かさを測るなら、約八百七十ドルで日本の約四万七千ドルと比べるべくもない。

歴史的には、タイなどよりも国力が高かった時代がある。しかし、イギリスの植民地になったり、日本に占領されたりと苦難の歴史を経るうちに貧しくなってしまった。そして長く続いた軍事政権により欧米諸国からの援助が途絶えたことも一層、貧しくなった原因だ。二〇一一年にようやく軍事政権が終わり、民政に移管することになったのを契機に、各国からの投資が急増し、ようやく経済成長への軌道に乗り始めたところだ。

「最後のフロンティアというらしいですね」

自動車に揺られながら、瀬戸が言った。窓の外には広々とした草原が広がり、牛たちがゆっくりと草を食《は》んでいる。その近くでは裸足《はだし》の子どもたちが遊んでいる。霞《かす》んだように見える遠くには、金色に輝くパゴダと言われる仏塔が幾つも立ち並んでいる。人々は、日がな一日、パゴダにお参りし、そこで拝跪《はいき》する。中にはそのままそこで眠ってしまうものさえいる。日本にも至るところに神社や社があり、地元の人々の信仰を集めてはいるが、もっと濃厚というか、生活そのものが信仰と一体のような印象を受ける。

「ビルマの竪琴《たてごと》という話を知っているか」

「申し訳ありません。名前は知っていますが、本を読んだことも映画を見たこともありません」

「この国がビルマと呼ばれていた頃、日本軍はインパール作戦という無謀な戦いを行ったんだ。インパールはインド東北部にあるんだが、そこからビルマに進攻して、中国の蔣介石《しょうかいせき》軍に対するイギリス軍の支援ルートを断ち切るという作戦だった。しかしなんと約三万人もの日本の兵士たちの尊い命が犠牲になった。今、走っている道路にも白骨が累々と並び、白骨街道と言われたんだ。その頃、この国の宗教的な空気に触れた水島《みずしま》上等兵という若き兵士が、亡くなった兵士たちを弔うために戦後もこの国に残るという話だよ」

「本当にあったことなんでしょうか」

「竹山道雄《たけやまみちお》という人の創作なんだけど、実際、そういう人がいたんだろうな。そういう気持ちにさせられる空気がこの国にある。私は、この空気を汚したり、乱したりしてほしくないと思う。それを最後のフロンティアなどというのは、開発主義者、金儲け主義者の欲望の表れのような気がする」

　道はどこまでも続いている。河に差し掛かると、帆に風を受けて、川面《かわも》を流れるように進む漁船が見えた。陽《ひ》に焼けた漁師が、投網《とあみ》をしている。

「常務は、この国がお好きなようですね」

「ああ、この国が私の原点だからね。今から行くガスタービン発電所の工事が、最初に任された大きな仕事だった……」

　島田は目を閉じた。

　三十歳になったか、ならないかの頃、ミャンマーに派遣された。軍事政権下だったが、日本は戦後も一貫してミャンマーを支援し続けていた。

ミャンマーは、電力不足で困っていた。日本に発電所建設の依頼が舞い込んできた。本条工業は、それを受注し、島田はその工事に派遣された。現地での責任者は諫山だった。そして本社での責任者は猪川だった。誰もがミャンマーの人々の生活を豊かにするんだという意気込みで仕事をした。会社の利益よりもミャンマーの人々の顔が笑顔になることを望んだ。

会社は成長期にあり、勢いがあった。島田は若く、血気盛んで諫山も猪川も若かった。喧嘩《けんか》も言い争いもした。しかし後に残る恨みもつらみもなかった。誰もが力を合わせ、苦労を苦労と思わずに働いていた。

「なあ、瀬戸君」

「なんでしょうか?」

「我が社が合併するとなると、君はどう思う?」

「合併するんですか?」

瀬戸が驚いた声を発した。

「例えばの話だよ」

島田は瀬戸と視線を合わせないで窓の外を見ていた。

「そうですね。合併すると当然に企業規模は大きくなりますから、大きな仕事ができるようになります。しかし、正直言って、最近は面白くありませんね。心が躍動しないといいますか、常務に申し訳ありませんが……」

島田は、瀬戸の顔を見た。特に気負っている様子はない。遠く日本を離れた気安さからだろうか。意外なことを口にする。

「面白くないとは？」

「採算、利益ばかりを追求していて、常務からよく伺《うかが》っている、開発途上国の人々の笑顔を見るという感激がないんですよ。どの人の顔も利益に見えてしまいます。本条工業に入った私たちは、利益追求より、常務たちが若い頃、味わわれた喜びを味わいたいと思っているんですけどね。合併で大きくなるのはいいですが、大きくなればなるほど利益追求が強くなるのが普通です。巨大な恐竜は、多くの餌《えさ》を食わなければ死にますからね。先ほど最後のフロンティアとおっしゃいましたが、私もこの言葉は好きではありません。なんだが開発側の企業が、欲望を滾《たぎ》らせているようで……。とにかく私たち若手は、会社がどうのこうのというより、やって良かったという仕事をしたいんです。それは常務が日ごろ、おっしゃっている言葉通りです。すみません。生意気を言いました」

「いや、いいんだ。ありがとう。いい話を聞かせてもらったよ」

島田は、胸の中に澱《おり》のように溜《た》まっていたものが少しずつ崩れていくような気がした。

「常務、発電所が見えてきましたよ。ニャン・スー所長が入り口に立っていますよ。実は、彼が、メールをよこしてきましてね。ミスター島田には深く感謝している。彼は、自分たちにメンテナンスの重要性を教えてくれた。それは技術の移転そのものだ。お蔭で三十年もの間、一度も問題を起こすことなくこの発電所は動き続けている。ミャンマーの人々の笑顔は、ミスター島田のお蔭だって。若いあなたも島田のようになってほしいと言われました。彼、久しぶりに会うのを楽しみにしているということですよ」

「そうか……」

フロントガラス越しに、タイポンという上着を着用し、濃いオリーブ色のロンジーを腰に巻いた痩《や》せ型の男が見えた。ニャン・スーだ。彼は、顔いっぱいの笑顔で島田に向かって手を振っていた。

5

島田の気持ちは静かだった。

取締役会が始まった。空気が張り詰めている。もし、針を持っていて突き刺せば、パンと勢いよく弾けてしまうだろう。役員たちの表情は緊張で強張《こわば》っている。誰もが、諫山か、猪川のどちらに付くかを最後の最後まで考えているからだ。

昨夜、諫山が会おうと言ってきた。彼は取締役会に予定通り五菱重工業との合併を提案する。それに関して裏切るなと言い込むつもりなのだ。島田は、個人的な用があるのでと会うのを断った。諫山が電話口で不満そうにしているのが、ありありと分かった。その後、すぐに安岡からも電話があった。旗幟鮮明にしていないのは、島田だけだと言う。諫山を解任する動議が可決するか、否かは、まだ予断を許さない。会いたい、なんとか時間を作れるかと聞いてきたが、やはり所用があると言い、断った。裏切るなよ、悪いようにはしない、安岡の声は必死だった。

取締役会の議案には、合併も解任もどちらも掲載されていない。両派とも緊急動議で提案する計画なのだ。

議長の諫山は淡々と議事を進行していく。そして最後の議案が終わったその時、取締役たちの顔をひと睨みして「私から重要な提案をさせていただきます」と言った。

空気が更に張り詰めた。島田は、棘《とげ》のある物質が浮遊しているのではないかと思うほど、顔の皮膚が痛くなってきた。猪川や安岡の表情を見ると、目がつり上がり、険しさを増している。

「……そうした理由からグローバル化に対抗して我が社と五菱重工業との合併を提案したいと思います」

諫山が顔を上げた。

すぐに隣にいた副社長の美濃部《みのべ》が「賛成」と表明し、「決を取りたい」諫山の合併案を一気に決定しようと動いた。

「緊急動議を提案します」

安岡が立ち上がった。

「なんだ、安岡君、座りたまえ」

諫山が苛立った声で言った。

「諫山社長は、独断専行し……」安岡は、諫山の制止を無視して、提案理由と言うべき、弾劾《だんがい》の言葉を読み上げた。そして「諫山氏の代表取締役解職を提案します」と声を張り上げた。

自身の代表取締役解職が提案されたため、諫山は一旦、議長を取締役運営規定に従って会長の猪川に交代した。議長となった猪川はただちに緊急動議の採決にかかった。

「賛成」真っ先に手を挙げたのは諸岡と市瀬だった。取締役数の過半数、十一名が手を挙げれば、諫山の解任は成立する。

二十一名の取締役の内、十五名が諫山解職に賛成した。

「バカな、茶番だ」

諫山が目を血走らせて怒鳴った。

島田は、予想していたよりも解任に賛成する取締役が多いことに驚いた。多くは、五菱重工業との合併を望んでいないのだ。諫山の独り相撲《ずもう》だった。

「おい、島田。お前はどうなんだ」

悪あがきのように諫山が島田を怒鳴りつけた。

島田は、諫山の解職に手を挙げなかった。賛成も反対も、どちらの意思表示もしなかった。取締役としての責任及び任務放棄とみなされることは覚悟の上だった。

島田は、立ち上がった。そして内ポケットから封筒を取りだした。

「なんだね。それは。辞表かね」

猪川が訊いた。

「はい。今日を限りで本条工業を退職させていただきます。本日、諫山氏の代表取締役解職が成立してしまいましたが、今回の合併も解職も、本条工業にはなかった派閥争いに思えて残念でなりません。先日、ミャンマーに行って参りました。諫山氏と猪川氏らと一緒に苦労して建設した発電所が今も無事に動いています。あの頃のことを考えますと、将来、こんな醜《みにく》い派閥争いをするなどということは考えられもしませんでした。ミャンマーに同行した若手社員は、利益追求よりも開発途上国の人々のために働くのが本条工業の原点だと申しておりました。私もそのように思います。本日、このような結果になってしまいましたが、このままですと、我が社は傷つくばかりです。人の和が最も必要な現場にまで影響を与えることでしょう。できれば、本日の取締役会をなかったものにして合併するべきか否かを、若い社員たちに聞いては如何《いかが》でしょうか。我が社も六十年の社歴を重ねております。六十歳にして耳したがうと申します。この際、将来を託する若手たちに会社の将来像を謙《けん》虚《きょ》に聞いてから、進むべき道を探ってもよいのではないかと提案いたします。私は、辞表を胸にして、この案を緊急動議として提出する考えでおりましたが、生来、タイミングを失する人間でして、すべてが終わってからになってしまいました。辞めていく取締役の思いとしてお聞き届けいただけるなら、もう一度、原点に戻って、若手の意見を聞いた上で、合併の取り組みをしていただくというのは如何でしょうか。五菱重工業ではない、また別の良い相手も見つかるかもしれません」

島田は「よろしくお願いします」と頭を下げた。

「そんなことできるか。諫山氏の解職は決まったんだ。これを取り消すわけにはいかん」

安岡が声を荒らげた。諫山が悔《くや》しそうに唇《くちびる》を噛んでいる。

「君の言いたいことはよく分かった。私も今回のことは本意ではなく、悲しいことだ。しかし、もはや動いてしまった。ところで君はどうして辞めるんだ。諫山君に殉じるつもりなのかね。残ってもらいたい人材なのだが……」

猪川が浮かない顔で聞いた。

「ありがとうございます。諫山社長に殉じるというわけではありません。私も来年に六十歳になります。耳したがうつもりで辞任させていただくことにしました」

島田は、静かな口調で言った。

「なにを言っているんだ。この緊急事態に敵前逃亡か！」

諸岡が苛立った声を島田にぶつけてきた。

「逃げるんじゃない。自分の心の声に耳を傾けたんだ。その声に従うつもりだ。その声は、ミャンマーで余生を送れ、ミャンマーの発展に尽くせという声だった。私になにができるか分からない。しかし、ミャンマーが私を必要としているんだ。新しい人生をミャンマーで送る。そう決めたんだ。耳したがうとは、私にとって本当にやりたいことに従うということだと分かったんだ」

島田は強い口調で諸岡に言った。諸岡は目を見開いて、口をぽかんと開いたまま、阿呆《あほう》のように島田を見つめた。

「バカな奴だ。苦労するぞ」

諫山が呟いた。その顔にふっと笑みが浮かんだのを島田は見逃さなかった。

「失礼します。派閥争いには未来はありません。ぜひとも私の提案を再考していただければと思います。機会がございましたらミャンマーに来てください。お待ちしています」

島田は、ゆっくりと席を離れた。

＊

広々とした草原が広がり、その中に金色に輝くパゴダが点在している。ウコン色の法衣《ほうえ》を着た島田は、その一つ一つを訪ね歩く。巨大な涅槃《ねはん》仏が鎮座するパゴダがある。島田は、仏の前に跪《ひざまず》き、叩頭《こうとう》する。大理石の冷たい感触が膝《ひざ》から伝わってくる。それがなんとも言えず心地《ここち》よい。耳したがうとは、原点に戻り、素直さを取り戻すこと……。島田は、いつまでも仏と対峙《たいじ》していた。

おうちに帰ろう

1

携帯電話のアラームがけたたましく鳴り出した。金属的な音が、室内の静寂を破る。

「うるさいわよ」

隣で寝ている妻の小百合《さゆり》が布団で頭をすっぽりと覆《おお》った。

「悪い、悪い」

与野秀雄《よのひでお》は、ベッド脇の小さな棚に置かれた携帯電話を取る。画面を開くと、青い液晶のライトが秀雄の顔を照らしている。

一瞬、死人になったような気になる。メニューボタンからアラーム機能を呼び出し、オフにする。神経を逆なでするような音がようやくおさまった。

闇になれない目は、まだなにも形を捉《とら》えない。このままもう一度眠りに落ちたい誘惑にかられる。頭が重い。芯《しん》の方でずきずきしている。

昨夜は、頭取の奥平昭三《おくだいらしょうぞう》を囲んで経済新聞の記者たち数人と銀座《ぎんざ》の料理屋で飲んだ。

最近の金融情勢についてが話題の中心だったのだが、愉快というより気を使うだけだった。

記者たちは他人の金で飲み食いしながら好き放題に話す。秀雄は、それを聞き、相槌《あいづち》を打ち、笑顔を浮かべ、料理や酒が滞《とどこお》りなく運ばれてくるかと気を使う。一切、余計な口をはさんだり、話題に加わることはない。そんなことをすれば奥平に後からなにを言われるか分かったものじゃない。奥平は、自分が中心でなければ気が済まない。意図せずとも話題を奪えば、たちまち気を悪くする。

十時前に奥平を見送った後、記者たちが「もう一軒、行きましょう」と言ってきたが、断った。一人になりたくて、新橋《しんばし》駅まで歩き、立ち食い蕎麦《そば》屋に入り、ビールと搔《か》き揚げ蕎麦を頼んだ。

料理屋で懐石料理を食べたはずなのだが、満足感がない。贅沢《ぜいたく》な材料を使い、精妙な技で、まるで絵を見ているような日本料理だったが、秀雄の口には砂を嚙《か》んでいるようだった。

奥平と離れ、のびのびとした気分になり、五百円の蕎麦と四百円のビールのなんと美味《うま》いことか。

「ちょっと飲み過ぎたか」

立ち食い蕎麦屋でビールの大瓶《びん》二本を空けたのがよくなかった。今さら反省しても遅い。

暗闇にようやく目が慣れてきた。

「あなた……」

小百合が布団から顔を出した。

「なんだい？」

「まだ五時よ。毎日、早く起き過ぎない？」

「だって仕方がないだろう。ここから本店まで一時間半はかかる。頭取は朝が早いんだ。八時からはミーティングが始まる。だから遅くとも七時四十分には着いていないといけないだろう。六時には家を出ないとその時間に着くのは無理なんだ」

「前の支店にいる時は、七時に家を出ていたじゃない。それにもう少し早く帰ってきていたし……」

小百合とは最近、身体《からだ》の関係がなくなった。子どもがいない二人にとって夜の時間は大事なのだが、年齢がそうさせているわけではない。仕事が原因だ。

秀雄は、大手都市銀行大日《だいにち》銀行の広報部部長に今年の七月の人事異動で抜擢《ばってき》された。

それまでは支店勤務ばかりだった。都内の中堅規模の支店長を務めていたが、いきなり本店のそれも広報部という中核部門の責任者になったのだ。周囲が驚いたのは言うに及ばない。


大丈夫か？

あいつ露骨な猟官運動でもしたのかな？

いやぁ、あいつにそんな器用な真似《まね》はできないよ。

頭取はなにを考えているのかなぁ。

気まぐれじゃないの。頭取は、最近、盛んに現場と本部の人事交流を進めると言っているからね。

それで納得だね。あいつは実験台ってわけだ。


雑音が秀雄の耳にも入ってきた。

同僚たち以上に驚いたのは、秀雄自身だった。

予期せぬ人事といえば、これほどの人事はない。

銀行に入って三十年が経過した。年齢は五十二歳になった。

同期の第一選抜の者は執行役員になっている。秀雄は、役員一歩手前の理事職という職位までは順調に昇格してきた。本部経験がない行員としては、それも異例と言われていた。

しかしさすがに執行役員に登用される段階では遅れを取った。悔《くや》しくないといえば嘘《うそ》だった。

役員になった同期を眺めてみると、現場を知らない本部官僚ばかりだ。彼らは現場で傷つくこともなく昇進していく。

本部官僚ばかりが偉くなっては、銀行がサービス業であるという本来の意義を失ってしまうではないか。そんな憤《いきどお》りを誰かにぶつけたいと考えたが、胸に収めた。その方が自分らしい。所詮、ここまでの男だ、そう思えばいい。むしろ今まで上手《うま》く行きすぎた。そうやって自分を納得させた。

秀雄がこれまで評価されてきたのは、ひとえに真面目《まじめ》に問題に取り組む姿勢だ。支店長を三か所も経験しているのは、同期で秀雄だけではないだろうか。それも問題の多い支店ばかりだ。

不良債権、不正、問題取引先、ヤクザ……。

銀行の支店は問題の巣窟《そうくつ》だ。それらを見ざる、聞かざる、言わざるでやり過ごすこともできる。大過なく過ごすことは銀行員の出世には欠かせない要件だ。なまじ血気に逸《はや》り、問題を解決しようと火中の栗《くり》を拾いにいくという愚《おろ》かな行為をして、大火傷《おおやけど》を負った支店長もいる。

彼のことを誰も同情しない。

「よくやるよなぁ」という称賛とも愚弄《ぐろう》ともつかぬ言葉をささやいて、刀折れ、矢尽きた彼を遠目に眺めるだけだ。

しかし秀雄は違った。

人事部から、問題を解決するようにと言われ、赴任すると、なんとかその期待に応《こた》えてきた。

たいていの支店長は赴任当初、なんとかしようと問題の蓋《ふた》を開けてみる。ところが中身が腐《くさ》り、鼻が捻《ね》じ曲がるような尋常でない腐臭に耐えられず、バタンと蓋を閉じてしまう。それっきり在任中、二度と蓋を開けることはない。

秀雄は、馬鹿正直に、自分の役割とばかりに蓋を開けっ放しにし、結果的に腐った中身をカラカラに干し上げてしまうのだ。

例えば、最初に支店長として赴任した支店に十数年も手つかずになっている不良債権先があった。歴代の支店長が処理しようとしても暴力団や政治家との関係をちらつかせ、妨害された。

ある支店長は、「殺されます。机の中にピストルを隠し持っています」と恐怖におののいた声で本部に助けを求めた。その結果、問題解決の先送りのお墨《すみ》付きをもらった。

秀雄は、その取引先の社長と不良債権の処理について交渉した。真正面から立ち向かった。興奮した社長は、日本刀を取り出し秀雄の周囲で振りまわした。

恐ろしくて逃げ出そうと思ったが、なんとか耐えた。すると社長が「怖くないのか」と聞いた。

「怖いです」と正直に答えると、何を思ったのか社長は、「気にいった」と言い、急に笑い出した。

その後は、交渉が順調に進み、不良債権問題が解決に至った。

それ以来、人事部は、問題がある支店に秀雄を送り込んだ。

不正事件が発生し、行員の規律が緩《ゆる》んでいる支店、非常に気難しい、銀行の個人筆頭株主の社長がいる支店など、誰もが赴任したがらない支店ばかりだった。

「人事部の役割期待には応えてきたからな」と広報部長に任命された時、秘《ひそ》かに自分自身を褒《ほ》めてやりたい気になった。そして初めて本気で、もっと出世したい、ひょっとしたらできるかも、と思った。

「さあ、行くか」

秀雄は思い切って布団をはね上げた。途端に部屋の冷気が身体を包む。今年の冬は、寒い。早くリビングに暖房を入れないと凍《こご》えてしまう。

「申し訳ないけど、私、起きないわよ。勘弁してね。あなたに付き合っているとこっちの身体がおかしくなるから。適当にパンでも焼いて」

「分かった。寝ていていいよ」

「あなた、支店の時の方が生き生きしていたわね。最近、顔色が悪いし、いらいらしているし……。広報の仕事、向いていないんじゃないの」

小百合がじっと見ている。

「うるさいなぁ」

秀雄は、やや声を高くした。

「心配しているのに……。会社は最後まで面倒みてくれないわよ。みるのは私」

「余計なこと言うな」

確かに疲れが取れない。身体が重い。頭の芯がうずく。なんとなく物忘れがひどくなった気がする。これまでダブルブッキングで他人に迷惑をかけることなどなかったのだが、たまにそういうことが起きる。酒量が多くなったせいだろうか。それともストレス……。

間違いなく本部勤務はストレスが溜《た》まる。支店の時は、問題解決に真《ま》っ直《す》ぐに突き進んだ。

たいした解決策はない。一言でいえば、誠心誠意、話せば分かる的な姿勢で交渉するだけだ。なんといっても支店長は一国一城の主《あるじ》だ。城に入ってしまえば誰からも指図を受けることはない。勝利も敗北も、玉砕覚悟の突撃も自分で判断できる。

ところが本部勤務になるとそういうわけにはいかない。

広報部長の部下は十数人もいるが、どいつもこいつもエリート臭ぷんぷんの若手ばかりだ。弁は立つが、失敗を恐れ、頭でっかちになっている。

担当役員の専務取締役は、まだ上を狙《ねら》っているいわゆる平目役員だ。奥平頭取の顔色ばかり窺《うかが》い、責任ある判断を避《さ》ける。

秀雄が、進めたい通りに物事が進むことはまずない。

部下に指示を出しても支店の時なら右と言えば右、左と言えば左に動いた。

今は、右と言えば、「部長はご存じないでしょうが、本部の前例からすれば左の方がよろしいと思います」と部下がしたり顔で言ってくる。部下の方が秀雄より本部に長く在籍している。御殿に仕える茶坊主然として、本部の常識を振りかざしてくる。その顔つきを見ていると、虫唾《むしず》が走る。

上司である専務はもっとどうしようもない。重要なことだと思って耳に入れると「聞いていないことにしてくれ」と眉根を寄せる。では報告しないでいると「聞いていなかったぞ」と怒り出す。聞きたくない、聞いていないが口癖《くちぐせ》で、どんな時でも自分を安全地帯に置きたがる。

聞きたくないのか、聞きたいのか、どっちかに決めやがれ、と頭を一発殴ってやりたくなることもある。

出世だけが自己目的化しているのだ。こんな専務を見ていると、出世してなにをしたいのかと自分まで虚《むな》しくなってくる。

しかしまだ部下や専務のどうしようもなさはなんとかなる。自分が腹を決めればいい。覚悟すればいいだけだ。

なんともならないのは頭取の奥平だ。

なんと表現していいのだろうか。小さいことに気がつく。繊細《せんさい》。緻密《ちみつ》。そんないい表現では表せない。とにかく細かいのだ。嫌《いや》らしいほど細かく、他人のミスを見つけてそれを突き刺すように指摘するのだ。さらになんとも言えず威圧的だ。言葉も態度もなにもかも。

正直言って辛《つら》い。奥平に近づくだけで動悸《どうき》がする。なにせ絶対に奥平に逆らうことはできない。逆らえば、その場で首を刎《は》ねられても文句を言えない。

八時から奥平とのミーティングが始まるが、実は、奥平はもっと早く銀行に来ている。七時、いやもっと早く来ているという行内伝説が流布しているくらいだ。

ある時、まだ明かりがともらない早朝の薄暗い本店ビルの前に一人の男が立っていた。警備員が不審に思い、「お名前は」と訊《たず》ねると、怖い目をして「奥平だ」と答えた。警備員は、「どちらの奥平さんですか」とさらに聞いた。奥平は「知らないのか」と食ってかかるような態度をした。いよいよ怪しいということになり警備員は、「ちょっとこちらへ」と警備員室に連れて行こうとした。そのため奥平と小《こ》競《ぜ》り合いになった。

可哀《かわい》そうに職務に忠実だっただけなのに、その警備員は解雇されてしまったという。

この話には、それ以来、本部勤務者の出勤時間がさらに早くなったというオチがついた。

「もっと早く始めたいが、君は朝がゆっくりだなぁ」

奥平は、打ち合わせの前に必ずこの一言を言う。そのたびに秀雄は「申し訳ありません」と言う。その瞬間、胃がキリリと痛む。

秀雄がこれ以上、早く出勤しようとするならば本店近くに部屋を借りなければならない。さすがにそれは小百合に言い出せない。

早朝ミーティングのことばかりではない。奥平は書類にも細かい。それは内容に目が行き届くというレベルではない。部下が作ってきた記者会見用のペーパーを見せた時だ。

「与野君……」

奥平が、かけていた眼鏡《めがね》を外し、横一文字に見える細い目に秀雄を捉えた。嫌な予感がした。背筋にぞくぞくと冷たい感触が走る。

「はい、なにかありますでしょうか」

恐る恐る聞く。

「これはなんだ」

奥平がペーパーをテーブルに投げ捨てる。

「すみません」

指摘された内容は分からないのに、つい謝罪の言葉が口をつく。びくびくしている。

目を皿のようにしてペーパーを見る。何を指摘しているのかまったく分からない。冷たい汗が滲《にじ》んでくる。

「それだよ、それ」

面倒くさそうに顔を歪《ゆが》める。

「はぁ、すみません」

とにかく謝るしかない。しかし、奥平の指摘はまだ分からない。焦《あせ》りが生じる。

「そのペーパーの左隅を見てみろ」

「左隅ですか？」

分からない。何も分からない。さらに焦る。ハンカチで額《ひたい》の汗を拭《ぬぐ》う。

「分からないかね。左隅に染みがついているだろう。そんなものを出すな。一事が万事だ。中身もロクでもないに決まっている」

染み？　注意深く見る。確かにボールペンのインクがついている。ゴマ粒の四分の一ほどの大きさだ。

「これですか？」

「そうだ。ちょっと貸せ」

奥平は、秀雄の手からペーパーを奪い取ると、両手でそれを引き裂《さ》いたのだ。

秀雄は耳を押さえた。

「どうしたの？」

小百合が布団から顔を出して聞いた。

「いや、なんでもない」

ペーパーを裂く音が耳に響いたのだ。

「コーヒー淹《い》れましょうか？」

「俺、なに、していた？」

「さっきからずっとベッドの脇に腰掛けて動かないから、気分でも悪いのかと思ったわ」

「そうか」

「遅刻するわよ」

「遅刻？　どこに？」

「あなた、銀行に行くんでしょう？」

「ああ、そうだったね。行かなくちゃ」

「しっかりしてよ」

「さあ」と秀雄は、自分を励まして立ち上がった。

くらっと一瞬、めまいの感覚に襲われた。

2

秀雄が部長席で書類を見ていると、部下の志村通《しむらとおる》が近づいてきた。

広報部で秀雄の下には、広告、新聞、雑誌の三グループがある。そのうちの雑誌グループに志村は属している。

雑誌グループの仕事は、一言で言えばスキャンダル対策だ。週刊誌記者やフリーライターは、銀行の負の面を書こうと、嗅《か》ぎまわっている。

志村は、彼らと酒やゴルフで個人的に親しくなり、事前に大日銀行に関わるスキャンダル情報を入手し、もみ消したり、記事を小さくしたりすることを期待されている。

部下の中では頼りにしているのだが、秀雄はあまり好感を持っていない。どこか崩れている印象を受けるからだ。長く同じポストについている人間独特の腐臭が漂《ただよ》っている。

五年以上もこの仕事を担当している。癒着《ゆちゃく》という観点からすれば異動させなくてはいけないのだが、彼なしでは雑誌記者やフリーライターと上手く付き合えない。それを考えると、踏みきれない。

「部長、ちょっとお耳を」

志村が大仰な様子で言った。

「なにかあったか？」

「ちょっとここでは」と志村は、素早く周囲に目を走らせ「部長室へお願いします」と言った。

「分かった」

やや緊張気味に立ち上がり、部長室に向かった。広報部長になってから奥平の重箱の隅をほじくるような態度に辟易《へきえき》し、悩みもするが、運のいいことにスキャンダルめいたことはない。

志村と向かい合う。

「これです」

志村はコピーの束を見せた。通帳のようだ。

志村の厭味《いやみ》なところは十分な説明をしないことだ。こんなことも悟れないのかという態度が傲慢《ごうまん》な印象を受ける。

「説明してくれないか」

「これはあるフリーライターから入手した通帳のコピーですが、奥平頭取のご子息が経営している会社のものです」

秀雄は、首を傾《かし》げた。志村がこれを重大そうに見せる意味がまだ十分に理解できない。

「これがどうした?」

「ご子息の会社はウイングトップカンパニーといいます。なにをしている会社かは分かりません。実体はペーパーカンパニーでしょう」

「ペーパーカンパニー?」

それにしては、百万円、千万円単位の金が振り込まれ、引き出され、残高も億単位だ。

「振り込んでいるのは、うちの銀行の出入り業者です」

志村がなぜか得意げな表情になった。

「どういうことだ？　このアプリコットカンパニーや清田《きよた》クリーン、ハッピー&ハッピーというのが、そうなのか」

「ええ、アプリコットは広告やノベルティを提供してくれている会社、清田クリーンは支店の清掃……」

志村は、通帳のコピーに印字された名前の企業の事業内容を説明した。

それらの企業は中小企業と言ってもいい規模だが、銀行と緊密に結びついているという。

「この金について説明してくれないか？」

「フリーライターの話によりますと、これらの会社は当行から仕事をもらうのと引き換えに頭取のご子息の会社に、一定の額を支払っているようなのです。そしてこれは頭取の私的な金になっているというのです」

志村は、コピーを指差した。

「私的な金？」

「裏金です」

志村の目が暗く、冷たい。

「君の言うことはこういうことかい？　当行がこれらの会社に仕事を発注すると、

彼らはこのウイングなんとかにリベートを支払うと……」

秀雄は志村の目を覗《のぞ》きこんだ。首筋の後ろに嫌な汗がしたたる。

「そうです」

志村がきっぱりと言う。

「単なるビジネスじゃないのか」

「そう思われますか？　それならそう答えますが……」

「そういうことは考えられないかと聞いただけだよ」

「ご子息の会社を経由しなくても彼らに発注できます。それも安く。彼らはリベートを上乗せして当行に請求していると思われます。そうなりますと頭取は、彼らを使って銀行の金を私的に還流させていることになります」

志村の説明通りだとすると、これは奥平の背任横領ということになり、銀行の経営を揺るがすスキャンダルになる。膝《ひざ》が微妙に震《ふる》え出す。

「なんというフリーライターなんだね」

「加藤卓治《かとうたくじ》。実力があります。彼は有力な雑誌に寄稿し、彼の書く記事は扱いも大きくなります」

秀雄は会ったことがない。

「そうか？　君は、この問題をどう思っている？」

「私の考えはなにもありません。この通帳の内容が事実でも、スキャンダルにならなければ問題はありません。しかし、加藤は頭取がご子息名義でペーパーカンパニーを設立し、当行が出入りの会社に仕事を発注すると、その見返りにリベートを要求し、それをこのペーパーカンパニーに払い込ませ、私的に使っていると考えています。ご子息が、実際にこのようなビジネスを行っておられるかどうかは調べておりません。加藤は、当行が組織的に裏金を作っているのだとも考えているようですが、頭取の個人的なことか、組織的なことか、それは私には分かりません」

　空気が重苦しくなった。秀雄は、腕を組み、天井を見上げた。

「どうしましょうか？」

「加藤は、書くのか？」

「こちらがどのような返事をしようと、書くと言っています」

　奥平は、大日銀行のトップとして十年も君臨し、ワンマン体制を築いている。あの威圧的かつ細かい性格で、つぎつぎとライバルたちを追い落としてきた。現在の役員は、皆、奥平の部下ばかりで、イエスマンしかいない。

「スキャンダルになると思うか？」

「ウイングトップカンパニーが脱税をしていなければいいのですが。そうでなければ国税が動くことはありませんので……。しかし、頭取が私的にこの金を流用されていたら、またウイングトップカンパニーが実体のない全くのペーパーカンパニーだったら記事を切っ掛けに国税の調査が入る可能性は高いでしょう。頭取の背任横領事件ということにもなりかねません」

志村は淡々と言った。

「君は以前から知っていたのか？」

秀雄は少し厭味を交えて聞いた。志村が冷静過ぎる気がしたからだ。

志村の視線がわずかに動いた。

「いいえ、知りません」

「そうか……、加藤に会えるか？」

「すぐ、セットします」

3

加藤に、午後八時に会うことになった。それまでにしておくことがある。奥平に事実を確認することだ。

いろいろと憶測を抱き、逡巡《しゅんじゅん》していては物事は始まらない。とりあえず問題の中心にいる奥平の言い分を聞かないことには始まらない。そうしておかなければ加藤に会ってもなにも答えられない。

志村に、そのことを話すと、彼は驚いた。奥平に問いただすのは、もっと調べてからでいいのではないかと言った。秀雄は、頭取に早めに報告しておくことも重要だと答えた。なんとかしろ、そんなことも抑えられないのかと言われるのがオチですよ、と志村は投げやりに言った。その通りだろうとは思ったが、自分のやり方でやると、志村の反対を押し切った。

「入ります」

秀雄は、頭取室をノックしてドアを開けた。

机に向かっていた奥平が顔を上げた。

「なんだね。急いでいるらしいが。どうでもいいことなら後回しにしてくれ」

奥平は不機嫌《ふきげん》そうに言った。

「申し訳ございません。ちょっとお耳に入れつつ、ご確認したいことがございまして」

秀雄は、奥平に近づき、目の前に通帳のコピーを広げた。

「これは……。息子の会社の通帳のコピーじゃないかね」

奥平は、厳しい視線で秀雄を睨《にら》んだ。

視線に威圧されそうになり、たじろく。冷や汗が出る。大丈夫だ。自分を励ます。

「加藤というフリーライターが持参してきました」

秀雄は、必要な言葉だけを選んだ。

奥平は、コピーを詳細に見ようともしないで片手で秀雄の方に押し返した。

「こんなものが、なぜわけの分からない奴《やつ》の手に渡るんだ」

「入手経路は不明です」

「すぐに調べろ。情報を漏洩《ろうえい》した奴がいる」

「それは承知しました。それはそれとしまして、あらためてご確認させていただきます」

「ご確認だと？」

細い目が陰険な光を帯びる。

「これはご子息の会社で間違いはございませんでしょうか？」

「知らん」

奥平は言い捨てた。ではなぜ先ほど息子の会社の通帳のコピーと言ったのか。語るに落ちるとはこのことだ。

「これを見ますと、当行の出入り業者が、ご子息の会社になんらかの資金を支払っているようなのですが、頭取はご存じでしょうか？」

秀雄はリベートという言葉を使わなかった。

「知らん。息子がどんな仕事をしているかなんていちいち把握していられるか」

奥平は苛立《いらだ》った。

「加藤は、これを記事にすると言っています」

「記事にする？　息子が仕事をしていることがどうして記事になるんだ？」

「この取引は当行の出入り業者との間のものであり、頭取が関係されているという内容だと思われます」

落ち着きを取り戻してきた。ちゃんと説明できている自分に安堵《あんど》を覚えた。冷や汗が消えていく。

「この取引が、私の裏金捻出のためだとでも言いたいのか」

秀雄が、裏金など刺激的な言葉を避けたのに、奥平自らが使った。

「そのような内容になるかと思われます」

「思われますだと……。その言い方はなんだ。君は、このフリーライターと組んでいるのか。君が、こんな情報を売ったのかね」

奥平の声は罵声に近くなった。

「滅相《めっそう》もございません」

なぜそんなことを言う。広報部長が情報を売るわけがないではないか。

「行内には私が長く頭取をやっていることを快く思っていない連中がいる。そんな奴が、ありもしないことをでっちあげているんだ。もしその加藤という奴が記事を書いたら、名誉棄損《きそん》で訴えてやるからな、そう言っておけ。それから君は広報部長だ。そんなくだらない記事を抑えられないでどうするんだ」

「本日、加藤に会います」

「とにかく記事を抑えろ。君はトラブルに強いそうじゃないか。それで広報部長に抜擢したんだ。こんな時もあるかと思ってな。これをちゃんと抑えたら、間違いなく役員にしてやる」

「ありがとうございます。頑張ってみますが……。加藤が頭取の周辺をうろつくかもしれませんのでご注意ください」

「もう来たよ」

奥平は、机の中から名刺を取り出し、テーブルに置いた。

「えっ」

秀雄は、言葉を失うほど驚いた。

加藤は、奥平に直《じか》に当たっていたのだ。だから先程、「息子の会社」と即座に答えたのか。既に通帳のコピーを加藤から見せられていたのだ。そのことを奥平は黙っていた。信頼されていないことの証《あかし》ではないか。急に力が抜ける。

「一週間前だ」

「一週間も前ですか」

「くだらないことを言うなと一蹴してやった」

「どうして私に……」

「どうしてとはなんだ。いちいち私は君に報告をしないといけないのかね。そんなに君は偉いのか。とにかく抑えろ。なにを聞かれてもまともに相手にするんじゃない。しらを切れ。切り通すんだぞ。それができないなら広報部長失格だ。こういう時のために君がいるんじゃないか。とにかく息子の会社のことなど、私は知らない。もう不愉快だから、帰ってくれ。これは罠《わな》だ」

奥平は、再び机の上の書類を読み始めた。

「失礼します」

秀雄は声を押し殺した。

まるで自分は奥平から信頼されていない。これでは加藤と会ってもまともな対応ができない。ガキ扱いになってしまう。

トップと広報とは信頼し合わなければならない。これは経営の鉄則だ。

「ちょっと待て」

奥平が呼び止めた。

「なんでしょうか？」

秀雄は振り向いた。

「これを抑えれば、君は間違いなく役員だ。分かっているね。役員にしてやる。君の同期はもう役員になっている者がいるだろう」

奥平は、眼鏡の奥の目を一層、細めた。

「ありがとうございます」

秀雄は頭を下げた。

「ただし抑えなければ、先はない。分かっているな」

4

加藤は、見るからに暗い男だった。

料理屋の個室で二人きりだ。他の部屋には客がいないことを確認している。外に話し声が漏《も》れる懸念はない。

「ご子息の会社のことなど知らないと頭取はおっしゃっています」

秀雄は奥平の言葉を伝えた。

「与野さんは本気で奥平の言い分を信じているんですか」

加藤は、平日の刺身を摘まみ、福井県の銘酒黒龍《こくりゅう》を飲んだ。

「信じております」

秀雄の答えを聞いた瞬間、加藤は弾《はじ》けたように笑った。

「なにがおかしいんですか」

「だって奥平が頭取になってから出入り業者を使って裏金をせっせと作っているなんてことはお宅の役員の中では結構、噂《うわさ》になっていることですよ。その金で家族に贅沢《ぜいたく》させたり、政治家や官僚を接待したりね。そのお陰で十年も頭取の座に居座っていられるんですからね。あなたは真面目に支店ばかり勤務していたから、腐った本部のことを知らないんですよ。俺が握った情報も、当然、お宅の内部からですからね。そろそろ奥平に退陣してもらいたいと思っている役員が多いんです。皆、忠臣面をしているだけで一皮むけば、裏切り者ばかりですから」

加藤は、秀雄を嘲《あざけ》るように見つめた。

食事が喉《のど》を通らない。余裕のある態度を見せながら酒を舐《な》めるのが精いっぱいだ。奥平の裏金の存在は以前から噂になっていること、反奥平の役員から情報が渡されたと思われることなど、秀雄には刺激が強すぎる。

志村の顔が浮かんだ。彼も、奥平の裏金の噂は耳にしていたに違いない。だからあまり驚いた様子がないのだ。ひょっとしたらあいつが……。加藤の顔を見つめた。

「記事にするのは、なんとか中止できませんか。頭取は、あなたを訴えると言っています」

秀雄は、直截に言った。

「奥平本人にもこの件を当ててましたよ。もっとまともな対応をするかと思っていましたが、ただ逃げ回るだけ。あんな奴に十年も君臨されているなんて他の役員も情けないですね」

「頭取は完全否定です。私が調査する時間を頂けませんか」

「何を調査するんですか。もう手遅れですよ。原稿をあげましたから。これがゲラです。来週の月曜日発売の週刊実業に掲載されます。扱いは大きいですよ。なにせ調査報道ですからね」

加藤は、締めのジャコと柴漬《しばづ》けの炊《た》きこみご飯を美味《おい》しそうに食べた。

「記事を書いた……。来週の月曜日掲載……」

ゲラを持つ手が震えた。手の震えは唇《くちびる》まで伝わり、言葉が震えた。

目の前にあるのは、確かにゲラだ。見出しは「大日銀行奥平頭取の優雅な裏金生活」。くっきりとした太い文字……。

リードの部分には「大日銀行に十年以上も君臨し、行内には誰ひとりとして批判する人間がいなくなった裸の王様、奥平昭三頭取は、セコイ仕組みを作り、せっせと裏金で私財を蓄積し、豪邸に愛人、家族は海外旅行と優雅な裏金生活を営んでいる……。」と書いてある。

ゲラを読みながら、情けないことに奥平から命じられた「記事を抑えれば役員」という言葉が浮かんだ。抑えなければ、役員ではないという意味だ。ゲラとなった今では、もはや手遅れ……。役員の芽《め》は消えた。

どうして一週間も前に加藤の取材を受けながら、奥平はそのことを黙っていたのか。一週間前に相談してくれたら、なにか手が打てたかもしれない。

志村はいつ加藤から聞いたのだろうか。志村の話だと、今日ということになるが。頭取に取材した後に広報担当に話すことなどあるのだろうか？　まず広報担当に質問して、その対応如何《いかん》で頭取に直接取材を試みるのが常道ではないだろうか。

しかし、今、志村に疑念を抱いても仕方がない。

「こんな内容……、信じられません」

秀雄は、ようやく言葉を発した。

「あなたみたいに現場で真面目一筋に仕事をしてきた人は信じられないでしょうね。立場を利用してせっせと裏金を蓄財して、それを自分のために使っている。きっかけは頭取になっても公的資金が注入されていて、思うように交際費が使えなかったからだということらしいですよ。それで腹心が裏金を作って、奥平に渡すようになった。それで味を占めて自分でも、ということになったらしい。確認はしていませんが、何人かの太鼓《たいこ》持ち役員は、この裏金を遣《つか》わせてもらっているらしいですよ。噂では、その金で娘をアメリカに留学させた役員もいるって……」

奥平の裏金を諫《いさ》めるどころか、その金で娘を留学させた役員がいる。そんな話、にわかに信じがたい。そこまでこの銀行は腐っているのか。

「組織ぐるみではなく家族ぐるみですか？」

「家族ぐるみ？　面白いですね。その言葉、もう少し前に聞いていれば使ったのに。残念です」

加藤は、秀雄の気持ちも知らず、快活に言った。

「ご子息の会社なので家族ぐるみかと……」

「奥平の女房が浪費家なんですよ。あれ買え、これ買えとおねだりばかりで。奥平もそれに応えるのが大変なんでしょう。息子は、フリーの建築デザイナーです。そんなに大した仕事をしているわけではないらしいので奥平の裏金が生活の一部になっているんじゃないですかねぇ。この会社は完全なペーパーで、口座の管理は女房がやっていますよ。まさに家族ぐるみというのは言い得て妙ですよ」

「奥さんが、ですか？　ところでこれらの会社はなにも言わずにリベートを払い続けているんですか？」

「仕事をもらえますし、リベート分は上乗せして銀行に請求しています。この手口の上手いところは、セコイことです。一社も大企業はありません。大企業からリベートを取れば問題はすぐに発覚しますからね。例えばこのアプリコットカンパニーなんか都内のごく一部のエリアだけのノベルティを扱っている中小企業です。その売り上げは年間二億円程度です。それでリベートを一千万円も支払っていますからね。これも売り上げに計上しているんです。損しているのは銀行。それは預金者の損ってことになりますね」

加藤は、茶を飲み、音を立てて口をゆすいだ。

「それらの会社に取材されましたか？」

「表向きの取材は拒否ですが、関係者からの裏取りはしました。誰も否定しません。奥平から言われれば、問題があると分かっていても拒否できないとみんな口を揃《そろ》えます。これは大きな話題になりますよ。私は、国税にも地検にもこの件を捜査すべきだと申し出ていますからね。お宅の行内には奥平を追放したい人は多いですから、この記事を切っ掛けに大日銀行には激震が走りますよ。吉野さん、広報部長の腕の見せ所ですよ」

加藤の目が笑った。

「記事を買うわけにはいかないでしょうね」

秀雄は、弱気な調子で言い、最後の望みを託した。

加藤が、湯飲み茶碗《ぢゃわん》をテーブルに置いた。固い音がした。

加藤の表情が険《けわ》しくなった。気分を害したようだ。

「馬鹿にしてはいけません。奥平から何を命じられて来られたかは知りませんが、自分で蒔《ま》いた種は自分で刈り取れって言ってください」

加藤は「失礼」と言い、そのまま帰ってしまった。

その夜、秀雄はどうやって自宅に帰ったのか記憶がない。一人で店に残り、深酒をしてしまったようだ。

5

「部長、どうかなさいましたか」

志村が聞いた。

「ああ、ちょっとね」

嫌な汗が出る。

「頭取にこのゲラのことを説明しなければなりません。頭取室に入りましょう。時間がありません」

「ああ、そうだね」

志村が急がせる。気が重い。記事は抑えられなかった。月曜日に雑誌に掲載され、世間の人たちの目に触れることになる。これで役員の芽はなくなった。そのこともなんとも言えない気持ちだが、何もできず、流されるままになっている自分が情けない。

「お疲れですね。私が説明しましょう。加藤からのゲラはお預かりします」

志村が生き生きとしている。反対に秀雄は、ものすごく落ち込んでいく。


頭取室に入った。

ソファに座っている奥平がこちらを振り向いた。ものすごい形相で睨んでいる。

「頭取、大変です」

志村が駆けより、ゲラを見せた。

奥平の表情がみるみる変わっていく。顔の色が赤くなり、しばらくして白くなった。

「なぜ記事になった。抑えろと言っただろう。クソ役立たずめ」

奥平は立ち上がり、秀雄に摑《つか》みかからんばかりになった。

「部長が昨夜、加藤に会い、ゲラを入手されたのですが、私が今日、あらためて週刊実業に確認しましたら間違いなく掲載されるようです。週明けの月曜日です。記者会見をしなければ拙《まず》いでしょう。金融庁にも説明が必要かと存じます。頭取、いかがいたしましょうか」

志村が、淀《よど》みなく言う。

「誰だ、誰がこんなガセを流したんだ。お前、役員の芽はないぞ。こんな記事ひとつ抑えられない役立たずめ。無駄飯を食わせるために広報にしたわけじゃない。とにかくこれはガセだ。徹底してしらを切れと言っただろうが。誰かが私を陥《おとしい》れようとしているんだ。息子はビジネスをしているだけだ。リベートではない。裏金なんかない。みんな申告しているぞ。公明正大だ。とにかくしらを切り通せ。記者会見などしない。するならお前ら勝手にしろ。私は出ない。お前でなんとかしろ」

奥平は眼鏡の奥の細い目を吊《つ》り上げ、怒鳴り声を上げている。

秀雄にはなにを言っているか理解できない。口をぱくぱくと開いたり、閉じたりしている奥平の顔が目の前にある。

奥平にはこれまで仕事で細かいミスを指摘され、威圧されてきた。この奥平が細かいのは仕事だけではない。金にも細かいのだ。要するに吝嗇、ケチなのだ。これだけ興奮するということは、加藤の記事が真実なのだろう。秀雄は腹立ちを覚えてきた。

こんな男のために身体なんか張れるか。こんな細かい、ケチな奴のために……。

秀雄は急に立ち上がった。

「おい、どこへ行く」

奥平の目に動揺が走った。

「部長、まだ話が終わっていません」

志村が秀雄をスーツの裾《すそ》を摑んだ。

「すみません。ちょっと気分が悪いものですから……」

秀雄は、志村に促《うなが》されてふたたび座った。

「これは罠だ。ガセだ。裏金などない。分かったな。記者会見などやるんじゃない。そんな事態になれば部長を解職するからな。分かったな」

耳の奥が、じんじんとする。

「ただしらを切れと申されましても、なにかこれは事実ではないという証拠を見せていただかないと誰も納得しないと思います」

秀雄は、ぼそぼそとした口調で言った。

「お前、私の言うことが信じられないのか。この大馬鹿野郎め。出ていけ！」

奥平が手を上げた。秀雄は思わず頭を抱えた。

「部長、行きましょう」

志村が言った。

「ああ……」

秀雄は志村に腕を掴まれ、支えられるようにして頭取室を出た。

「お疲れですね」

「ちょっとな」

息が荒い。冷たい汗が全身から噴き出ている。寒い……。

秀雄は、ようやく部長席に着いた。極《きわ》めて居心地《いごこち》が悪い。自分はどこにいるか、なにをしているのか分からない。不安が募ってくる。

「頭取には参りましたね。あんなに動揺されるとはね。あれじゃぁみんな事実だと言っているようなものじゃないですか」

志村が、憤慨《ふんがい》して言った。

「どうしたものかなぁ」

今までは真っ直ぐ問題にぶつかっていった。それで解決することがあった。しかし、今回は、とにかくしらを切れだ。これでは事態を乗り切れない。なんとかしたいがどうしようもない。

「うっ」

吐き気がしてきた。

「大丈夫ですか？　部長」

志村が心配そうな顔をする。

「診療所に行ってくる。ちょっと調子がよくない。君は、もう一度だけ週刊実業に行って記事がせめて小さくならないか頼んでくれ。無理だとは思うが……」

「分かりました。もう時間切れですけどね」

志村は投げやりに言った。

秀雄は、立ち上がった。ふらふらする。診療所に向かう。

広報部長のポストを失ってしまうと思うと、胸が締め付けられる。

エレベーターに乗り、壁《かべ》を伝うようにして歩く。なんとか診療所に着いた。

顔色が悪いのを見て、看護師が直ぐに診察室に案内してくれた。

「ストレスですね。胃も荒れているんでしょう。それが吐き気の原因ではないですか？　よく眠れていますか？」

医者は言った。

「よくは眠れませんね」

秀雄は答えた。

「では睡眠導入剤も処方しておきましょう。いずれにしてもゆっくりと休まれた方がいいでしょう。ストレスは思わぬ事態を引き起こしますからね」

「休めればいいんですがね」

秀雄は、苦笑いするしかなかった。

なんとか部長席に辿《たど》りつき、背もたれに身体を預けていた。

目を閉じると、奥平の細い目が浮かび恫喝《どうかつ》の声が鼓膜《こまく》を振動させる。なにもかも終わったな。せっかくキャリアを積んできたのに、なまじ本部に来たために碌《ろく》でもない結果になった。それにしてもあの奥平の態度はないだろう。しらを切り通せとはどういう料簡をしているのだ。少しくらい説明をしてくれればなんとかなるかもしれないではないか。言い訳でもなんでもいい。

問題を解決する最善の方法は、嘘をつかず、正面から相手にぶつかることだ。そうすれば道が見つかる。たとえ見つからなくとも後悔がないではないか。あんな怒声だけの臆病者だとは思わなかった。あれでは疑惑を自ら認めているようなものだ。

あんな男に仕えたのが運のつきなのか……。

「部長、部長」

声が聞こえる。目を開けた。居眠りをしていたらしい。

志村の顔がぼんやりとした視界の中に浮かんだ。

「おお、どうだった」

「週刊実業はもうどうしようもありません。月曜発売号に掲載されます。広告でも大々的にやるって言っていました」

「そうか……。手遅れか」

全身から力が抜けていく。

「部長、月曜日に記者会見を開くことになりました」

志村の声が弾んだ。

「記者会見？」

秀雄は驚いた。奥平が許すわけがない。

「事態は相当に深刻で記事はすでに金融庁に届けられておりまして、そちらからもきちんと対処するようにとの指示があったのです。それで頭取も納得されました」

自分の外でどんどん流れが速くなる。それに巻き込まれていくだけだ。それが苛《いら》立ちや体調不良の原因だろう。

「記者会見はやったことがないなぁ」

「お任せください。私がすべて段取りをいたします。部長は体調を整えてください。当日は、頭取の隣《となり》に座って頂きます。さあ、勝負ですよ」

志村は興奮気味だ。銀行を巻き込む不祥事を楽しんでいるようだ。

「君、嬉《うれ》しそうだね。まさかこの事態のシナリオを書いたのは、君じゃないよね？」

奥平は、誰かが自分を陥れるために仕組んでいると声を荒らげていた。志村がその片棒を担いでいるのではないかと秀雄は推測した。

志村の表情が強張《こわば》った。無言で秀雄を見つめている。

なんだかあほらしくなった。もうどうでもいい。好きにやってくれ。

支店という現場で実直に仕事をしていたら、いつの間にか本部の権力争いの渦《うず》に巻き込まれ、翻弄される木の葉のような立場に置かれてしまった。

「帰るから」

秀雄は立ち上がった。

「えっ、お帰りですか。それならお車を用意しましょう。ご気分がすぐれないようですから」

志村はどこまでもそつがない。

「ああ、頼む。運転手に僕の自宅の住所を伝えてくれ」

どうしようもなく小百合の顔が見たくなった。一分一秒でも早く家に帰りたい。そこでゆっくりと眠りたい……。

6

記者会見が始まった。

会場は本店の大会議室。数百人は収容可能な会場が記者やカメラマンで埋め尽くされている。

週刊実業の記事が流布されると、世間は大銀行のスキャンダルに沸《わ》きたった。テレビのワイドショーでは、早朝から記事を紹介し、有名キャスターが「許せませんね。庶民にはゼロみたいな金利しか払っていないのに」と画面に向かって怒りをぶつけた。コメンテーターは「奥平頭取は説明責任を果たさねばなりません」としたり顔で言った。

記者会見の司会は志村だ。

秀雄は奥平と同席して記者たちと対峙《たいじ》した。

「お前がダメだからこんなことになったんだぞ。とにかくここさえ乗り切ればどうにかなる」

奥平は、会場を睨みつけながら小声で言った。此《こ》の期に及んでも自分のことを棚《たな》に上げて人を責めている。秀雄は、悔しさが腹立ちに変わっていくのを抑えられない。

志村が質問を受け付ける。

矢継ぎ早に記者から手が上がり、奥平を問い詰める。奥平がマイクを持ち、質問に答えている。焦《あせ》りが顔に表れてはいるものの、ふてぶてしさはさすがベテラン頭取だけのことはある。

「裏金などはない」

「私的流用はない」

「頭取を辞《や》める気はない」

集まっている記者は、自分で独自に調査しているわけではない。だから決定的な質問ができない。週刊実業の記事の確認程度の質問では、奥平を追い詰めることはできない。しらを切り通すということは、こういうことだったのだ。

しかし、しらを切れば切るほど銀行の評判は低下し、そのつけは現場で働く行員に回る。奥平にはそれが分からない。今を逃げ切ることだけを考えている。

許せない。秀雄は奥平を横目で睨んだ。

一人の男が立ち上がった。加藤だ。マイクを持つと、少し笑みを浮かべた。

「今日、電話がありましてね。記事を読んだって読者からです」

加藤はゆっくりと話し始めた。

彼がスクープしたライターだと会場の記者たちは知っている。そのためか、ざわついていた会場が急に静かになった。誰もが彼の質問に注目している。

「その読者は、ご子息の会社に振り込んだ会社の幹部です。彼は、あなたから直接にリベートを要求されたと言っています。それについてはどう説明されますか？」

奥平の顔が強張った。マイクを摑んだ。

「そんな事実はない」

奥平は怒りに唇を震わせた。

「相手は、もしもの時のためにあなたからの電話を録音しています。それを入手しましたのでここで聞きますか？」

加藤がにやりとした。

奥平は加藤を睨みつけた。

「聞かせろ！」

会場の記者が騒ぎ始めた。

「おい、打ち切れ。記者会見を打ち切るんだ」

奥平が秀雄に囁《ささや》いた。

頭取、あなたは逃げるのか。卑怯者め。

秀雄は、奥平を睨んだ。身体が揺らぎ、心臓が破れるくらい高鳴り、汗が出る。

「打ち切れ。中止するんだ」

奥平が秀雄の耳元で話す。

鼓膜《こまく》が破れそうだ。苦しい。喉が渇《かわ》く。息が出来なくなってきた。落ち着け、落ち着くんだ。今、記者会見を打ち切れば、どんな混乱を招くか分からない。

会場を見渡した。あっ、と思った。小百合が笑顔で立っているではないか。いるはずがない小百合が見える。

（あなた、休みなさいよ。もう十分でしょう）

小百合が笑顔で囁いているようだ。

秀雄は立ち上がった。会場を見渡した。

「そうだ、打ち切るんだ」

奥平が小声で指示をする。

秀雄は、奥平を見下ろし、無言でじっと見つめた。

「おい、どうした？　なにをやっているんだ。打ち切るんだ」

奥平が苛立っている。

秀雄は、テーブルのマイクを摑んだ。奥平を見下ろした。なにをするつもりだと不安そうな奥平の細い目が秀雄を見ている。

「正直に説明してください。あなたは頭取です。取引先や預金者や行員のためにも正直になにもかも話してください」

秀雄は奥平に向かって言った。

「お前、どういうつもりだ」

奥平が秀雄に向かってきた。マイクを奪おうとしている。

秀雄は抵抗した。奥平の頭をマイクで叩《たた》く。ボコッという鈍い音が会場に響き渡った。

一瞬、会場が静まり返った。目の前で頭取と広報部長が摑みあいを演じている。

信じられない光景に誰もが事態を把握できていない。

「おい、与野、何をする、止《や》めろ、止めろ！」

奥平は頭を両手で防御した。

「正直に話してください」

秀雄は、さらに一発、マイクで奥平の頭を叩いた。ボコッ。

会場が騒然とし始めた。カメラのフラッシュが何発も秀雄と奥平に砲撃のように焚《た》かれる。

「広報部長が、頭取の頭を叩いたぞ。裏金を告発しているぞ！」

記者が叫んだ。

記者やカメラマンが席を離れ奥平と秀雄の周りを取り囲んだ。

「正直に話してください。それがあなたの務めです」

秀雄はさらにもう一発。ボコッ。

「止めろ、止めないか、クビだぞ」

奥平が頭を抱え、逃げ出そうとする。

「部長、お止めください」

志村が駆けよってくる。

「頭取はスクープ記事の通り、リベートを受け取り、裏金にしておられます。これで記者会見は終わります。私は、帰らせていただきます」

秀雄はマイクをテーブルに置いた。

秀雄が記者会見のテーブルから離れ、歩き始める。記者たちが左右に分かれ、道が開けた。その道を悠然と歩いていく。

背後から「クビだ！」と奥平の悲痛な声が飛んできた。秀雄は気にした様子もなく歩みを止めない。

記者会見場の出口のドアを開けた。そこに小百合が立っていた。

「やっぱりいたか？」

「あなたが心配で、来てしまいました」

小百合は優しくほほ笑んだ。

「疲れたよ。すっかり……」

秀雄は肩を落とした。泣きたい気持ちだった。

「あなた……帰りましょう」

小百合が手を伸ばした。

秀雄は、その手を摑んだ。柔らかく温かい感触が心を和ませる。

「どこへ帰るんだ？」

秀雄は、まるで子どものように聞いた。

「うちに帰るのよ。私があなたを守ってあげるからなにも心配しないでいいわよ」

小百合が天使のように輝いて見える。ようやく秀雄の身体から堅さが取れた。激しい動悸も収まっていた。

「あなた……、ようやく戻ってきてくれたわね」

「ああ……」

「ゆっくり休むといいわ。あなたのおうちで……」

紙芝居

もう、随分と長い時間をかけて妻とは話しあっている気がする。

決して妻は納得しようとしない。しかし、話しあいにくたびれたのか、長い溜息《ためいき》をついた。

実は、定年を前に会社を辞めることにしたのだ。そのことを今夜、妻に初めて打ち明けたのだ。まあ、驚くのも無理はない。


今、私は五十八歳。六十歳の定年まで二年を残している。希望すれば、今の会社でポストは外れるが、顧問などという肩書きで、一年ごとに契約更新をしながら六十五歳まで残ることができる。

私は、大学を卒業後、都市銀行に入行した。個人取引中心の支店と中小中堅企業取引中心の支店の二か店の支店長を経験した。役員にはならなかったがまずまずの出世だろう。

東大など旧帝大系が役員の大半を占める都市銀行で、早慶でもない平凡な私大出身の私が二か店も支店長を経験できたのは、幸運だった。

そして五十四歳の時、今の会社に転籍になった。銀行の関係会社で保険や物販を取り扱う会社だ。

ノー・リターンの転出であり、この時、銀行に三十一年勤務した退職金を手にした。金額は三千五百万円ほどだった。これで銀行員としての人生にピリオドを打った。

関係会社でのポストは部長だった。ただし名ばかり部長だ。部下はいない。鞄《かばん》に保険の資料を詰め込み、一人でセールスに歩く。かつて取引先として担当した会社や部下が支店長を務めている支店などに顔を出し、役員保険やがん保険を売り込むのだ。

支店長をしていたので部下はそれなりの人数がいた。二か店目の支店では五十人もいただろうか。彼らは、私の指示で、右と言えば右、左と言えば左に動いた。

支店長専用の車もあった。車種はトヨタのクラウンだった。派遣ではあるが、運転手もいた。後部座席から降りる際、運転手が小走りに駆けよってきてドアを開けてくれたものだ。

毎日、部下を督励《とくれい》し、客からの相談を受け、時には取引先の会社の記念日に講演もした。支店長の講演は、なかなか素晴らしいと褒《ほ》められた時は嬉《うれ》しく、誇らしかった。前夜遅くまで内容を練りに練っただけにひとしおだった。

関係会社に出ることが決まった時、人事部から励ましというか、注意を受けた。若い人事部員だった。三十代だろう。

「加治木《かじき》さん、お疲れ様でした。今度、転籍していただく会社では部長をやっていただきます」

「ありがとうございます」

彼は、ちょっと堅い表情になって、「部長といいましても部下はいません。一人部長といいますか、自分で部長の名刺を持っていただいてセールスに出ていただきます」と言った。

「そうですか。承知しました。ありがとうございます」

私は、ありがとうございますを繰り返し、丁寧に頭を下げた。

彼は、ほっとしたのか、少し表情に余裕が表れた。

「加治木さんは営業畑ですね」

「ええ、本部経験は、審査部くらいで後はずっと支店です」

「そうしたら原点に帰っていただくというか、なんというか、きっとこの仕事、向いていますよ」

彼は笑みを浮かべた。

原点ねぇ……。私も笑みを返した。

「ところで一つだけお願いがあります」

彼が真面目《まじめ》な顔になった。

「なんでしょうか？」

「先ほど申し上げましたように一人部長ですので、今までと勝手が違うということです。部下もいませんし、専用車もありません。どうしても戸惑われる方がいらっしゃいます。でも頭を切り替えていただかないといけないかなぁと思います。我々は関係会社の人事につきましても実績主義を導入しようと考えています。ですから頑張っていただければ、役員への道も拓《ひら》けると思います。ぜひ頭を切り替えて頑張ってください」

私は、彼の話を聞きながら、小さく笑みを浮かべた。

関係会社の人事を実績主義にする？　あり得ないことだ。私が行くことになっている会社は会長から平の役員まですべて銀行の序列通りだ。銀行で常務だった者が、横滑りで社長になれば、それまで社長だった元常務が会長になるという具合だ。

銀行で役員になれなかった者が部長以下を占めている。私のように支店長といっても並みの支店だった者は、彼が言う一人部長で営業活動をすることになっている。

「お気を使っていただき恐縮です。頭を切り替えて頑張りますから」

私は彼に言った。彼は、満足そうに相好を崩した。

「なかなかなれない人がいましてね。私のような若輩者が、加治木さんのような大先輩に頭を切り替えてくださいというのも失礼な話ですが……」

「いえいえ、そんなことはありません。ありがたいことです」

彼は、なかなかいい人間のようだ。きっと順調に出世していくだろう。

私は、こうして関係会社へ転籍になった。


「まだ誠《まこと》は結婚もしていないし……」

妻はコーヒーを淹《い》れながら独りごとのように言った。

誠というのは息子だ。子どもは一人しかいない。

大学を出て、物販会社に就職したが、すぐに退職し、今はシティホテルで働いている。ホテル勤務といっても経理や人事などの事務担当だ。

「あいつも三十歳だぞ。もうなにも面倒を見る必要はない。自分でやっていけるだろう」

「そんなことはないわよ。給料はたいしたことがないらしく、結婚するとなるとお金がないって頼ってくるに違いないわ」

「その時は、その時だよ。援助できる範囲でやってやればいい」

私は、コーヒーを飲んだ。

妻は、なんとか私を翻意させたいと思っている。懇願するような目で私を見つめている。私は、目を逸《そ》らした。

「どうやって老後を暮らしていくのよ。お金が足りるの？」

妻は、再び同じ質問を繰り返した。この質問を軸に堂々巡りを繰り返している。

私は、多少うんざりした。

「今の会社に移る時の退職金が残っているだろう。それに確か、六十歳になれば企業年金が受け取れるはずだから、なんとかなる。そのうち厚生年金も支給されるから、夫婦二人なら大丈夫だ」

銀行を退職する時、退職金を三千五百万円ほど支給された。その半分を現金で受け取り、残りは企業年金に回した。こうすることで半分は銀行が高い利回りで運用してくれ、六十歳から企業年金として受け取ることができる。

「不安だわ」

「その他にも貯《たくわ》えがあるだろう。まあ、贅沢《ぜいたく》はできないがそれらを崩していけばなんとかなる」

貯蓄は、退職金分や株などを合わせると五千万円はあるはずだ。年金が支給される六十歳まではこれを取り崩す一方になるが、それ以降は年金をベースにした生活設計を考えればいい。

「だってこの家を直すのにお金が……」

妻は、天井に目をやって溜息をついた。

「家なんか直さなくてもいいじゃないか。特段、傷んではいない」

「そんなことはないわよ。階段だって急だし、年を取った時のことを考えれば、バリアフリーにしたいと思っていたのよ」

妻は恨めしそうに言った。自分の夢を壊されたと思っているのだろう。

私も天井を見上げた。天井は板張りだが、染みなどが浮き出ている様子はない。

購入したのは三十五歳の時だ。子どもも大きくなってきて、それまで住んでいた社宅が手狭になった。それで思い切って新築の建売を購入した。

都内に買いたかったが、とても無理だったので郊外のこの町に買った。金額は三千万円だった。土地は三十三坪しかない。当時勤務していた支店まで通勤に一時間を要する。もし転勤したとしても東京駅まで四十分だから、そこを基点にしてそこそこの時間内でなんとか通勤できるだろう、通勤に二時間以上もかかる同僚を知っていたからそれよりはマシだと考えた。

銀行員はどういうわけか残業が多い。通勤に二時間以上もかかる同僚は、遅くなると時々、サウナに泊まったりしていた。翌日、同じネクタイで出勤してきたのを見た時、思わず「大丈夫か？」と声をかけたことがある。やや疲れた顔をしていたからだ。やはり自宅の布団で眠るのと、サウナの狭いベッドで寝るのとでは疲れの取れ具合が違う。彼は、大丈夫だと答え、週末が楽しみだ、庭が広いからねと薄く笑った。

彼は、週末に庭いじりをし、花を育てるのを楽しみにしていたのだ。そのために広い敷地を確保できる郊外も郊外、通勤に二時間も要する場所に家を作った。

彼は、去年、亡くなった。六十歳だった。ようやく定年になった。勤務の延長を希望せず、好きな花を育てて暮らすよと嬉しそうに話していた。しかし、長年の通勤の苦労が彼の身体を蝕《むしば》んでいたのだろうか。ある日、人間ドックで肺に小さな癌が見つかった。たいしたことはないと笑いながら入院した。私が、見舞いに行った時、庭いじりが先に延びたよ、と残念そうに話していた。

病室には彼が育てた様々な色の薔薇《ばら》の花が、花瓶からこぼれ落ちるように飾られていた。香りでむせかえるようだった。

素晴らしいね、と私が褒めると、彼は、ありがとうといい、薔薇の種類を説明してくれた。血色もよく、頰《ほお》もこけていなくて病人とは思えない様子だった。このまますぐに退院してくるだろう、そう思っていた。

その日から一週間後に彼は亡くなった。

奥さんから連絡をもらった時は、信じられないというか、誰か違う人のことを聞いているようだった。薔薇の花に囲まれて笑みを浮かべていた彼が、もうこの世にいない、こんなことが信じられるだろうか。

肝臓に転移してました。それが一気に広がって……。

奥さんは、涙声で言った。肺の癌はたいしたことがなかった。しかし、癌細胞は、リンパを通り、彼の全身を猛スピードで駆け抜けた。そして長年にわたって酷使してきた肝臓で爆発したらしい。素人《しろうと》の解釈ではそういうことになる。

葬式は、彼の自宅近くの葬祭場で行われた。彼の謙虚な人柄を偲《しの》ばせるようなしめやかさだった。祭壇は白い花に覆《おお》われていて、その中に彼の笑顔の写真が飾られていた。いい写真だ。なんの屈託もない。これから定年後を楽しむぞと言っている顔だった。それは彼の自慢の庭で撮ったものだという。

葬式が終わった後、彼の自宅に立ち寄った。主《あるじ》のいなくなった自宅は、どこか寂しそうだった。しかし、庭の薔薇だけは、今生の別れとばかりに咲き誇っていた。ふいにその花の中に彼の姿を見つけた。

あっけないよな、と彼に話しかけると、それも人生だと彼が笑って答えた。


「家を直すのは、もっとじっくり考えようじゃないか。どうせ二人しか住んでいないんだし……」

「あなたはそういうかもしれないけど、二人しか住んでいないから、快適にしたいんじゃないの」

妻は怒ったような口ぶりになった。女というのは、家に固執する。猫は家につき、犬は主につくという。女を動物に例えるのは悪い気もするが、猫なのだろう。どうせ死ぬ身だから、わざわざ家を改築するなどどうでもいいような気がするが、妻はそうではないらしい。あなたが無事に退職したら、どういう風に改築しようかと、いろいろと研究していたのだと愚痴っぽく言う。

「必ず改築するから。約束するよ」

うんざりして言った。

「仕事を辞めて、貯蓄を取り崩す生活をして、なにが改築よ」

妻は、少し激しい口調で言うと、急に立ち上がった。

「どこかへ行くのか」

「お茶を淹れるわ。飲む？」

「ああ、頼む。何か甘いものはあるかな」

「大心堂の古代おこしがあるわよ。食べる？」

「おお、いいな。くれよ」

大心堂は雷おこしの老舗《しにせ》だ。そこの古代おこしは、私の好物だ。そのへんの雷おこしとは違う。上品な甘さが特徴だ。

妻が菓子を出してくれるというのは、徐々に私の話に納得をしてくれているようで嬉しくなった。

本気で怒っていたら、菓子を出してくれるようなことはないだろう。

熱いお茶と、皿の上には二枚のおこし。私は、包みを解いて、それを二つに割り、口に入れる。サクッとした歯ごたえ、芳しい米の香り、そして甘さが広がる。いつ食べても美味《うま》い。

「あなた、それで紙芝居屋さんをやるっていうのは本気なの？」

会社を定年前に辞めて、私がやろうとしているのは紙芝居のボランティアだ。

紙芝居……。その言葉を聞くだけで懐《なつ》かしさがこみあげてくる。

拍子木の音、油の切れた自転車のキィキィという音。さあ、みんなあつまれ、あつまれ。紙芝居屋のおじさんが呼びかける。公園にいた子どもたちが、自転車の上に載《の》せられた紙芝居の舞台の前に集まる。おじさんがお菓子を売りながら、さぁさぁ、紙芝居の始まり始まり……。

私が、紙芝居をやろうと思ったのは、ある男との出会いがきっかけだった。


その日は、妙についていなかった。かつての部下だった男が支店長を務めている支店に向かった。いつもの保険のセールスだ。

訪問する時間の約束は事前にとりつけていた。しかし、支店長はいなかった。応接室で待たされること二十分余り。ようやく彼が入ってきた。部下だった頃の精悍《せいかん》な青年の面影はすっかりなくしていた。でっぷりと肥え、脂《あぶら》ぎった顔に汗を浮き立たせていた。

「先輩、すみません。お待たせしました」

彼は、私の前に座った。

「忙しいところ、悪いなぁ」

私は、時間を要しては拙《まず》いと思い、鞄から企業の役員保険のパンフレットを取り出した。

彼の取引先の社長たちを紹介してもらおうと考えていたのだ。役員保険は、事故、疾病のほかに不祥事が発生して賠償を担わねばならなくなった際も保障する。役員という立場に付随する多くのリスクをカバーする保険だ。

私は型通り説明を続けた。彼は、納得しているのか、いないのか分からないが大人しく聞いていた。

私は、なぜか虚《むな》しくなってきた。彼が、あまりにも反応がなかったせいかもしれない。

いや、それ以上に疲れていたのだろう。

その日は、彼以外にもかつての部下たちの支店を訪ね歩いていた。一日に何人もかつての部下たちに頭を下げることはあまりなかったように思う。たいていは誰かに紹介してもらった会社などを中心にセールスしていたからだ。できるだけかつての部下のところには顔を出さないようにしていた。それは彼らに迷惑をかけるからというのが表向きの理由だが、本音は私のプライドからだった。

自分では柔軟な人間だと思っていた。今の会社に転籍する時、人事部員から頭を切り替えてくださいと言われたが、そんなことはなんでもないと思っていた。

しかし、一年、二年と経《た》つにつれて慣れるより負担になってきたのだ。

かつて厳しく指導した部下たちに、愛想笑いをし、保険加入を頼む。頼んだよ、頼むよなどという上からの目線では上手《うま》く行かないため、できるだけ丁寧にお願いしますと頭を下げた。

彼らは、私に頭を下げられ、やや困惑気味に、頑張ってみますからと言ってくれた。中には、現役としての悩みを訴えかけてくる者もいた。そんな時は、昔に戻ったようでうきうきとした気分になることもあった。

しかし、時には、部下の冷ややかな視線を感じることもあった。かつての上司が、自分に頭を下げていることに意地悪な喜びを感じる者もいるのだ。口にこそ出さないが、ミジメですねとその目が雄弁に語りかけていた。

「先輩、すみません。忙しくて、後は副支店長に聞かせますから、よろしいですか?」

彼は、汗を拭《ふ》き終わると、腰を上げた。私の話は、まだ終わっていない。ほんの数分話しただけだ。二十分も待たされて、数分だけ。そんなに私の訪問が邪魔なのなら、最初から忙しいと断ってくれた方が、ずっと気楽かもしれない。

「ああ、そうか、忙しいね」

「すみません。ぜひともご協力しますから。それにしてもまさか先輩が保険のセールスに来られるとは思いませんでしたよ。先輩も大変ですね」

彼は、何気なく言った。目が笑っていた。その時、なぜか気分が落ち込んだ。

「帰るよ。邪魔したね」

私は、立ち上がった。

「えっ、副支店長が来ますから」

彼が少し慌《あわ》てている。私の仕草が急だったからだろう。顔つきが険《けわ》しくなっていたかもしれない。彼の顔に、マズイという言葉が浮かんでいる。

「いいよ。悪かったね」

私は、急ぎ足で支店を出た。

「申し訳ありませんね」

「いや、いいんだ。現役は忙しいからね」

彼は困惑した表情を浮かべ、私を見送ってくれた。

外に出ると、夕暮れが近づいていた。私は、もう仕事をする気力を失っていた。

「飲んで帰るか……」

ここから歩けば浅草《あさくさ》が近い。伝法院《でんぼういん》通りの屋台で一杯ひっかけたい気分になった。

浅草は、雷門《かみなりもん》から浅草寺《せんそうじ》に向う仲見世《なかみせ》通りが有名だが、それを横切るように伝法院通りがある。そこに通りを挟んで安く酒を飲ませる屋台風の店が並ぶ一角がある。場外馬券売場があるため、競馬好きの男たちや仕事帰りにモツ煮で焼酎を飲む労働者たちで混み合っている。最近は、こうした店にもちょっとした怖いもの見たさで若い女性がいることはいるが、圧倒的に男の、それも一人客で占められている。

私は、支店長時代はこういう店で飲んだことはない。もしも銀行の知り合いや取引先に見られたら、格好がよくないという警戒心が働くからだ。支店長らしくないという「らしく」に囚《とら》われていたのだろう。

銀行を離れて浅草に来た時、ふらりと屋台に入った。まだ午後の二時頃だった。こんな時間に一人で酒を飲むことなどなかったが「らしく」の服を脱ぎ捨てたかったのだろう。思い切って入ってみると、非常に自由で、気ままな気がして酒が進んだ。

その日から、時々、顔を出すようになった。誰かと話しこむわけでもない。話しかけられるわけでもない。モツ煮とガツなどの決して上品とは言えない肴《さかな》を頼んで、生ビールを数杯、飲む。誰にも干渉されない心地《ここち》よい時間が過ぎていく。

仲見世通りの喧騒《けんそう》を離れて、伝法院通りに入り、客引きの声を聞きながらいつもの「高橋」という屋台に入った。

U字形のカウンターと幾つかのテーブルがある。混んでくると、路の方にもテーブルが出される。

「いらっしゃい」

店員の元気のいい声がかかる。私はカウンターに腰をかける。

「生ビール、モツ煮」

頼むと、すぐに目の前に生ビールのジョッキとモツ煮が並べられる。

私は、目を閉じて、生ビールを飲む。冷たい刺激が一気に喉《のど》から胃に落ちて行く。

「美味そうに飲まれますね」

隣から声がした。驚いて目を開け、隣を見た。ベレー帽を被《かぶ》った、目鼻立ちの上品な男がいた。顔には深い皺《しわ》がある。年齢は七十歳を優に越えているだろう。

「なんとも言えません。ここで飲む生ビールは……」

私はそう答えて、また飲んだ。

男は、ホッピーを飲んでいた。

「時々、来られていますね」

「ええ、時々です」

「私も時々です。ここは気が楽だぁ」

男は、ホッピーを美味そうに飲んだ。ホッピーとはアルコール分を含まないビール風味の清涼飲料水に焼酎をブレンドしたものだ。

男は、優しそうな目をしていた。いつもは誰とも関わりを持たない主義で飲んでいたが、その日は、人恋しかったのだろうか、男と話しこんでしまった。

男は、ボンさんと名乗った。本名かどうかも知らない。

元紙芝居屋だったが、随分昔に廃業し、今は年金で暮らしていると言った。紙芝居は、時々、公園や老人ホームで頼まれてやることがあるらしい。

紙芝居かぁ。本当に遠い昔、近所の公園に飴《あめ》か駄菓子を売りながら紙芝居屋さんが来たことを思い出した。

「さあさ、よってらっしゃい見てらっしゃい。お坊ちゃんもお嬢ちゃんも、お母さん、お父さん、ちょっと昔の、そこのお坊ちゃん、今は立派なおじいさん、さあさ、よってらっしゃい見てらっしゃい。カンカンカンカンカン……」

ボンさんが、よく通る声で口上を言った。

「そのカンカンっていうのはなんですか」

「拍子木を打っているんです」

彼は、まるで二本の拍子木があるかのように手を叩《たた》いた。

私は、酔いに任せて、楽しい気分になった。子ども時代に帰ったようで、その日の憂《う》さを忘れることができた。

それから何度かボンさんと「高橋」で会った。彼は、いつもホッピー。私は生ビール。気持ちよく酔い、気持ちよく別れた。次に会う約束はしない。「高橋」に行けば会うという具合だった。

ある日のことだった。

「明日、この店に来てくれませんか」

ボンさんは言った。二日続けて来ることはないし、彼とも次回の約束をしたことがない。私は怪訝《けげん》に思い、「どうかしましたか？」と聞いた。

偶然に会って、楽しく飲んで別れる。それ以上の関係を望んでいなかった。君子の交わりは水のごとしだ。わずかだがわずらわしさを覚えた。

「いえ、あなたにもらってほしい物があるんです」

「えっ、なんでしょうか？」

「まずは明日、来てください。よろしくお願みします」

ボンさんは、頭を下げた。仕方がない。面倒なことに巻き込まれなければいいが、と思ったが、翌日も「高橋」にやってきた。

ボンさんは私を見て、安心したのか笑みを浮かべた。

「来ましたよ」

私は、いつものように生ビールとモツ煮を頼んだ。

「あなたにこれをもらってほしいのです」

ボンさんが大きなケースを見せた。混雑した店の中に置いておくのは邪魔になるほどの大きさだ。

「なんですか？　これは」

「紙芝居の道具一式です。舞台と紙芝居です。これであなた、いつか紙芝居をやってください」

「私が、ですか」

私は、驚いて自分を指差した。

「あなたと紙芝居について熱く語ってきました。あなたはとても興味深く聞いてくださった。私の口上や喋《しゃべ》り方も真似《まね》してくださった。あなたならできます。よろしくお願いします」

ボンさんは頭を深く下げた。今日は、まだいつものようにホッピーを飲んでいない。酔った上での冗談ではない。

私は、なぜか拒否しなかった。彼が、あまりにも真剣だったからだ。

「今、すぐにはできないかもしれませんが、とりあえず預かります。もし返してほしくなったらいつでもおっしゃってください」

「ありがとう、ありがとうございます」

ボンさんは、うっすらと目に涙を溜めた。

その日を最後に彼は、ふっつりと「高橋」に現れなくなった。

偶然だろうと思った。そのうち心配になってきた。

「ボンさん、どうしたんですか？　見かけないけど」

「高橋」の店員に彼の消息を訊《たず》ねた。

「亡くなったって話ですよ」

店員は、眉をひそめた。

「えっ」

私は、声を失った。

「癌だったみたいです。悪かったようですよ、相当に……」

私は、生ビールを呷《あお》るように飲んだ。あまりのあっけなさに涙さえ出ない。きっと酔いが醒《さ》めたころに悲しみがこみ上げてくるのだろう。

その時、ボンさんが、紙芝居の道具一式を私に預けた理由が分かった。

私は、ボンさんの墓前に花の一輪でも手向けたいと思った。しかし、本当の名前も住所も知らないことに気づき、愕然《がくぜん》とした。

「託されちゃったな……」

ボンさんの死を前にした思いをずしりと受け止めた。その時、私は、ぜったいに紙芝居屋にならないといけないと思ったのだ。

人の死は突然にやってくる。銀行の仲間もボンさんもあっけなく逝《い》ってしまった。残された者はどうすればいいのか。託されたことがあるなら、それを果たさねばならない。それが残った者の責任と義務だ。

「本気だよ」

「できるの?」

妻は心配そうに言った。

「道具もあるし、少しは練習もしたんだ。なんとかなる」

私は、秘《ひそ》かに自宅にこもって練習をした。決して人前で話すことは嫌いではない。しかし、面白く、高揚感をもって物語を話すのはなかなか難しい。

「私、手伝わないわよ」

「いいさ。勝手にやるんだから」

「あの古びた道具をもらってきたときから考えていたの？」

「ああ、亡くなったボンさんはやり残した感じがあったんだろうね。だから俺に後を継いでくれって考えたんだと思うよ」

「変なの。見ず知らずの人の頼みを聞くなんて……」

妻が恨みがましい目で見つめる。

「もうなにを言ってもだめね」

「ああ、我儘《わがまま》を許してくれ。人生なんてあっけないから」


私は、転籍先の会社の人事部に行き、退職届を提出した。

銀行を退職した時のように若い人事部員から何か言われることはなかった。勿論《もちろん》、誰かが引きとめてくれるようなこともなかった。

辞表を受け取ってくれたのは、私と同じように元銀行員で、六十歳を過ぎてからも契約延長でこの会社で働いている男だった。

「辞めるんですか」

彼は、特に感慨も覚えない表情で言った。

「お世話になりました」

私は、笑みを浮かべて頭を下げた。

「羨《うらや》ましいですね」

彼は、退職関係の書類を渡してくれながら、呟《つぶや》くように言った。

「そうですか」

「そうですよ。すまじきものは宮仕えといいますからね。私のように六十歳を過ぎてからも会社にしがみついているのはどうかなと思いますよ」

彼は、やや自虐的な表情を浮かべた。

「そんなことはないですよ。せっかく六十五歳まで働けるようにしてくれているんですから、その権利を行使されるのがいいと思いますよ」

私の言葉が、癪《しゃく》に障《さわ》ったようだ。わずかに視線が厳しくなった。

「あなたのように六十歳になる前に辞めても、いい引き抜きがあって、働くあてがある人が羨ましいと思ったんですよ」

「あてなんかありません」

私は語気を強めた。

男は、私が条件の良い就職先を見つけたと思っているのだ。

「そうですかぁ、なにやるんですか？」

男が、聞いた。

私は、答えようか、どうしようかと考えた。退職して紙芝居屋をやると言ったら男がどんな顔をするのか、見てみたい気もする。

「まだなにも……」

私は、具体的なプランを答えなかった。

「そうですか？　ますます羨ましい。私なんか、こんな歳《とし》ですが、まだ娘が家にいましてね。金がいるんですよ」

男は愚痴っぽく言った。

「そうですか、でも人生ってあっけないですからね」

私は書類を受け取ると、立ち上がった。

「おっしゃる通り、あっけないですからね。それじゃあ、退職、手続きを進めますから」

男は、私を上目づかいに見つめた。

退職する日になった。会社を辞めるのも人生もあっけない。これで三十五年間続いた銀行員と会社員の人生が終わる。もっと感慨深いと期待していたが、そんなことはなかった。若い女子社員から花束をもらうこともないだろう。一人営業部長に部下はいないからだ。明日から、一人の男が、出社しなくなるだけだ。なにも変わらない。また誰かがこの部屋にやってくるだろう。今日も明日も同じ日が続いていく……。

加治木さんは？　と誰かが私の不在を聞くかもしれない。すると、辞めたらしいよ、誰かが答える。聞いた者は、ちょっと驚いた顔で、へぇ、あの人、まだ定年前でしょう？　なにかあったのかなと首を傾《かし》げる。さあね、どうかな、でも辞められるだけ羨ましいね。言えてるなぁ。辞めたくても辞められないからね。今日、一杯、やる？

私は、机を片付け、私物を用意された段ボール箱に入れ、宅配便で自宅に送る手続きをした。

庶務を担当している女性に段ボール箱を抱えて近づいた。

「これ、頼んだよ」

私は彼女に言った。

彼女は、立ち上がると、手に花束を持っていた。

「お疲れさまでした。これをどうぞ。新しい人生を頑張ってください」

彼女は、私に花束を差し出した。赤や黄の薔薇がかすみ草に包まれていた。

驚いた。おおっ、と私はその花束を胸に抱いた。

彼女や室内に残っていた数人が拍手をした。

私は、思わず彼らに頭を下げた。鼻がぐずぐずした。目の奥が熱くなった。拍手が続く中、私は部屋を出た。


私は、自転車に乗って近くの公園に向かった。自転車の荷台には、木製の紙芝居の舞台を載せている。ハンドルの前の荷物入れには、拍子木と太鼓《たいこ》とビニールシートを入れた。

川に沿うようにして公園がある。私が散歩していたコースだ。ソメイヨシノが満開になっている。

この時間なら学校が終わった子どもたちや、幼い子を連れた母親たちがいるだろう。

私は、桜の木の下に自転車を止めた。草の上にビニールシートを広げ、小石を拾って来て重石《おもし》にした。

荷台の上の紙芝居の舞台の観音開きを開いた。

太鼓を叩く。ポンポンと乾いた音がする。その音に合わせて心臓がドキドキ打っているのを実感する。やはり思った以上にデビューは緊張する。

思い切って声を出してみる。

「さぁさ、よってらっしゃい見てらっしゃい。お坊ちゃん、お嬢ちゃん、お父さん、お母さん、昔、お坊ちゃんのおじいさんもよってらっしゃい見てらっしゃい。テレビやゲームじゃ味わえない紙芝居が始まるよ」

太鼓を叩く。

公園を歩いている人やベンチで寛《くつろ》いでいる人が私を見ている。

子どもが三人、ビニールシートに座りこんだ。男の子が二人、女の子が一人だ。

「おじさん、飴はないの」

男の子が聞いた。

「申し訳ないね。飴はないんだ」

飴を販売することは、保健所から行商の許可を得なければならない。私は、紙芝居だけを行うボランティアだ。

「そうなんだ。ちぇ」

男の子は舌打ちをした。

客は、三人以上、増えそうにない。始めることとする。周りでこちらを見ている人もいるから、演じているうちに人がもっと集まるかもしれない。

紙芝居は「黄金バット」。往年の名作だ。ボンさんから渡された中にあった。

「わははははは……」

私は黄金バットの笑い声を真似た。紙芝居には骸骨《がいこつ》のヒーローの絵が描かれている。

子どもたちが目を見開いて私を見ている。突然、奇声を発して笑い出したので驚いているのだ。受けているぞ。私は、嬉しくなった。

私は、自分なりに黄金バットのテーマ曲を、リズミカルに歌い出した。

「おじさん、骸骨って死んでいるんじゃないの？」

女の子が聞いた。

「お嬢ちゃん、これはね、黄金バットといって強いんだよ。顔は骸骨だけど、筋肉ムキムキでしょう」

「変なの」

女の子は、首を傾げた。

「黄金バットって野球するの？」

今度は男の子が聞いた。

「野球するんじゃないんだよ。バットってコウモリのことなんだ。悪い奴《やつ》をやっつけるコウモリ男だよ」

「コウモリが悪い奴をやっつけるの」

子どもたちは黄金バットを知らない。無理もない。紙芝居では昭和の初め、テレビに登場したのは昭和四十年代だ。この子たちの親も知らないだろう。

一枚の絵を引き出す。大海原を走る客船の絵が登場する。

「はるか太平洋の大海原を一隻の豪華客船、クイーンメリー号が進んでいきます」

「どこに行くの」

男の子が聞いた。

「さあ、どこに行くのでしょう。横浜から出発して太平洋をアメリカに向かっているのでしょうか」

ボンさんは、紙芝居の面白いところは、双方向性だと言った。子どもだと思ってバカにしてはいけない。疑問に思ったことはなんでも聞いてくる。それに合わせてストーリーさえ変わってしまうことがあるんだ。ボンさんはホッピーを飲みながら、語っていた。もっとも原始的な紙製のメディアである紙芝居が、双方向性だという説明はおかしくもあり、感心もした。しかし、今、子どもたちを見ているとボンさんの言う通りだ。

次の絵を引き出す。そこには大波を目の前にした主人公タケル少年と父であるヤマトネ博士の姿が書かれている。

「海が、盛り上がってきました。どうしたのでしょうか。これはヤマトネ博士、こっちはタケル君ね」

私は絵の中の盛り上がった波と人物の絵を指差す。

「波が盛り上がり、高いビルくらいにまでなりました。このままでは船を飲み込んでしまいます。さあ、大変だ。どうしよう」

場を盛り上げようと拍子木を鳴らす。カンカンと固い音が響く。

散歩中の犬が、その音に驚き、吠《ほ》えかかってきた。小型だが、強そうな柴犬だ。散歩をさせている男がその柴犬に引きずられるように私の近くにやってきた。

「いきなりそんなものを鳴らすなよ」

男が、犬を抑えながら言った。

「すみません。驚かせたみたいですね」

私は謝った。

「紙芝居か？　許可を取っているのか？　こんな子どもを集めて、なにやっているんだ」

子どもは三人から五人に増えていた。

「ボランティアです。よろしくお願いします」

男は、犬が吠えて暴れたので機嫌が悪いのか、子どもを集めていると、問題にされるぞ」

「おじさん、波の次はどうなるの？」

子どもが先に進めと文句を言っている。

「待ってね。ちょっと待ってね」

私は、子どもを制した。

「警察に許可もらった方がいいんじゃないの。あるいは市の公園管理課の許可とかさ」

男は、譲らない。

「分かりました。出直してきます」

私は、紙芝居の舞台の観音開きを閉めた。

「止《や》めちゃうの」

子どもが言う。

「今度またね」

私は謝った。

「つまんないの」

子どもたちが立ち上がって、一斉に走っていなくなった。散歩男も柴犬もどこかへ行ってしまった。

「しょうがないな」

私は、片付けて自転車を転がしてすごすご帰宅した。

数日後、夕食を食べていると妻が妙にうきうきとしている。不思議に思い、

「なにかいいことでもあったのか」

と訊いた。

妻が立ち上がった。どうしたのかと思って見ていると、食器棚の方に向かっている。そして何やら札のようなものを取り出して持ってきた。

「これは？」

「公園の利用許可証よ」

「えっ、どうしたの？」

「私、一部始終見ていたのよ。あなた紙芝居をやって、言いがかりをつけられたでしょう？　最初は、調子いいから、なんとかなるかと思ったけど、まあ、あの犬を散歩させていた人のいうことは当然よね。このままじゃあなたが不審者になっちゃうと思ってね」

私は、許可証を手に取って、妻を見つめた。

「取ってくれたんだ。ありがとう」

「市役所に勤めている人の奥さんを知っているからね。相談すると、すぐにオーケーが出たわよ。これで安心ね」

妻は快心の笑みを浮かべた。

「手伝わないって言っていたじゃないか」

私はちょっと意地悪な質問をしてみた。

「どうしたんでしょうね、私。でもね、あなたが紙芝居をやりたいと言ったら、それについていくしかないかなと思ったのよ。それが長年連れ添った妻というものでしょう？」

妻は、小首を傾げた。可愛いと思った。初めて彼女と出会った時、彼女はまだ十八歳か十九歳だった。私が勤務する支店に高卒の新人として入ってきた。私は、大学を出て、勤務し始めて三年目だった。だから二十五歳だった。彼女は、私に自己紹介する時に、今と同じように小首を傾げた。その仕草が、何とも言えず可愛くて、私は彼女が好きになった。

「ありがとう」

強い同志ができた。心強い。

「あなた、意見を言っていいかしら」

「どうぞ、同志なんだから」

「同志だなんてたいそうね」

「意見を言ってくれ」

「黄金バットは古過ぎない？　私だってよく知らないわ」

「そうか……。だってボンさんが、たくさん残してくれたんだよ」

私は、預かった紙芝居を書斎から運んできてテーブルに並べた。

「黄金バット、赤胴鈴之助、桃太郎、浦島太郎……」

妻は、テーブルの上に広げられた紙芝居を見つめていたが、「やっぱり古いわよね。老人ホームを慰問する時はいいと思うけどね……」と眉根を寄せた。

「確かにね。子どもたちの反応も今一つだった」

「そうよね。なにがいいかな」

妻は真剣に考える様子になった。

「いいねぇ」

「なにが？」

「お前がこんなに真剣になってくれていることさ。嬉しいよ。キスをしていいかな」

唇《くちびる》をつきだした。

「バカね」

妻は、苦笑した。

「やっぱりダメか」

私も苦笑した。

「女はね。覚悟を決めると強いのよ。ビール、飲む？」

妻が立ち上がった。

「ああ、飲む」

私は、ますます嬉しくなった。会社を辞めると言った時の妻は、将来を心配してなんとか思い止《とど》まらせようとしていた。しかし、私は思い止まらず辞めてしまった。こうなると私に反発するのかと思いきや、覚悟を決めたという。妻なりに葛藤したのだろうが、女の逞《たくま》しさに感心した。

「はい、これ」

妻は、缶ビールとグラスを持ってきた。ふたを開け、それぞれのグラスにビールを注《つ》ぐ。

「乾杯」

私はグラスを掲げた。

「乾杯」

妻が、呼応した。

人生は、あっけなく終わる。こうしている間も人生の終わりに向けて時が刻まれている。いつ終わるかは、誰にも分からない。

私は、たいして世の中の役にたったわけでもない。なにか偉業をなしとげたわけでもない。真面目に銀行員、会社員として働き、妻を養い、子どもを育てた。たったそれだけのことだ。だが、今、妻と一緒にビールを飲むことができることを考えると、たったそれだけのことが意外と偉業だったのではないかと誇らしくなる。

「例えば昆虫の一生とか？　生物、科学ものね。紙芝居で学習できると、お母さんも喜ぶわ」

　妻が目を輝かせた。

「ありがとう」

　私は、ビールを飲んだ。

「蟬《せみ》の一生なんて、いいんじゃない？　これから夏になるし……。公園の中では、うるさいほど蟬が鳴くでしょう？　その中で蟬の一生の話はぴったりじゃないかな」

「本当にありがとう。これからもよろしく頼むよ」

　私は、ビールの入ったグラスをテーブルに置いて、妻を見つめた。

「あなた、真剣に考えているの？　なにかやりたいテーマはないの？」

「ごめん、ごめん。そうか、蟬の一生か……。蟬は数年から十年以上も地中にいるんだろう？　地上に出たら、一週間ほどで死んでしまう。あっけないものだなぁ」

　私は、友人やボンさんのことをふと思った。

「そうかしら？」

妻が小首を傾げた。

「そう思わないのかい？」

「だって地中にいる間も人生でしょう？　地上に出た後を思いっきり輝くためには地中での人生が充実していないといけないわ。地上での一週間が輝くとしたら、それは地中の人生が充実していたからよ。決してあっけなくはないわ」

妻の言葉に、私こそようやく覚悟が定まった。私は、今、やっと地上に出た状態なのだ。

私は、妻の顔を見つめた。これからの人生は、きっと輝きに満ちたものになるだろうという確信を抱いた。今までの人生が自分で考えていた以上に充実していたのだから。

「あなた、私たちで少しずつ紙芝居の絵も描いていきましょう」

妻が笑みを浮かべた。

「そうだな。そのうち上手くなるだろう。ちょっと忙しくなるな」

ビールを飲んだ。冷たさが喉に心地よい。少し興奮気味のようだ。私は、私自身をいとおしく思った。

ゆるキャラ

1

目の部分に開いた小さな穴、そこから外を眺める。視界は狭く、通りの向かいにある惣菜屋《そうざいや》しか見えない。商店街に並ぶ店や近づいてくる人を見るには、身体《からだ》をその方向に向けなければならない。

身体を動かす度に薄くなった頭から汗が噴き出て額を伝い、目に入る。ひりひりと刺すように痛い。しかし、ぬいぐるみをかぶったままで目に入った汗を拭うことはできない。このまま仕事が終わるまで我慢をしなければならない。暑い。年齢が進むと顔に汗をかくらしい。私も五十三歳だ。やたらと顔に汗をかく。この仕事を選んだことは間違いだったのだろうか。少し後悔する。

隣でチンドン屋の源《げん》さんが赤い着物に文金高島田というのだろうか、まるで娘のような日本髪姿で当たり鉦《がね》と太鼓を鳴らしている。

源さんなどと気楽に呼んではいけない。私の雇い主、すなわち社長だ。源さんの会社は日本地域宣伝株式会社という大げさな名前だが、やっている中身は、商店街やスーパーの大売り出しの宣伝業務だ。今日も私の背後にある地元スーパーの特売セールスの宣伝に駆りだされていた。

「さぁさ、寄ってらっしゃい見てらっしゃい。そして買ってらっしゃい、食べてらっしゃい。肉も卵も野菜も安い。そんじょそこらの大手スーパーには負けやしないよ。みんな満足、いつでも安い、スーパーヤスイは名前の通りだよ」

源さんの口上が周囲に響く。年齢はとっくに六十歳を超えているが、声はまだまだ若い。

私は、源さんの声にあわせてスーパーのチラシやティッシュを配る。

「あっ、ウサギさんだ」

母親の手を振り払い、少女が駆けよってくる。軽い衝撃を伴って私にぶつかった。私は、大きな頭を動かしてなんとか下を見る。目の部分の小さな穴の中で少女が笑っているのが見える。私は、彼女の頭を柔らかく毛ばだった手で優しくなでた。

私は、ピンク色をしたウサギのぬいぐるみをかぶっている。頭から足先まですべてピンク色だ。

特別のキャラクターでもなんでもない。源さんの会社にあった幾つかのぬいぐるみの中で、これを選んだに過ぎない。オオカミや豚や猿もあるが、一番人気だそうだ。

「ウサギさん、名前は？」

ぬいぐるみは喋《しゃべ》らない。最近は、喋るのもあるようだが、基本は無口だ。こんな可愛《かわい》いピンク色のウサギから中年男のだみ声が聞こえたら、少女は泣き出してしまうだろう。

私は胸を指差した。そこには布で作った名札がつけられている。「ウサコ」とあった。

「ウサコっていうの？」

私は、頭を二、三度動かす。

「何歳？」

私は戸惑いを覚えつつ、少し考えた。五十三歳というわけにはいかない。私は、手の指を思い切り広げて、五本の指を立てた。

「五歳？」

私は、また頷《うなず》いた。少女は、「私より、上だね」と言い、指を四本立てた。少女は四歳らしい。

「ウサギさんのお仕事を邪魔したらダメよ」

母親が、少女の肩を摑《つか》んだ。

「バイバイ、またね」

少女は、手を振って、再び母親に手を引かれて去っていった。

私も少女に手を振った。チラシとティッシュを母親に渡し忘れていたことに気づいた時には、もう少女の姿は人ごみにまぎれてしまっていた。

私も以前は、幼い娘の手を引いて賑《にぎ》やかな商店街を歩いたことがあった。

「そろそろ終わるか？」

源さんが話しかけてきた。

私は大きな頭を揺するようにして頷いた。

2

「坂上《さかがみ》部長、百人を辞めさせてくれ」

私は、突然、社長室に呼び出された。そして社長の安泰浩《あんたいひろし》が特段、表情も変えずに言った。

私は、思わず絶句した。

私が勤務する安泰電機は従業員五百人の中堅メーカーだ。分電盤を大手メーカーのOEMで製造していた。

分電盤というのは、電気の漏電遮断器や配線遮断器など、ブレーカーと呼ばれる機器を一つにまとめたものだ。住宅や工場などで電気を安全に使用するために設置されている。

「不況で、どうにもならん」

安泰は、右の眉だけを器用に引き上げた。

「社長、パートを切れということでしょうか?」

「いや、そうじゃない。正社員をリストラしてくれということだよ。君には辛《つら》いだろうが、これも人事部長の役割だと思ってくれ。上手《うま》く行けば君を役員に登用するから」

「それはありがたいですが百人もですか……」

私は眉根を寄せ、これ以上ないほど渋い顔をした。百人と言えば五分の一だ。

「君も分かっているだろうが、不景気の波が予想以上に大きいんだ。このままでは我が社は倒産する。それを避けるためにリストラは已《や》むをえない」

安泰は、三代目社長だ。祖父が創業したこの会社を四十歳で引き継いだ。社長になって十年になるが、私から見てはっきり言って無能だ。親会社とでもいうべき大手企業から言われるままに設備を拡大し、従業員を採用した。計画性もなにもない。彼の在任中に従業員二百人足らずの会社が五百人にも膨れ上がった。ほとんどの社員はこの十年に採用された者たちで、年齢も若い。場当たり的に採用し、仕事が潤沢にあった間はいいが、減るとすぐにリストラする。これでは従業員は可哀《かわい》そうだ。

「しかし百人は……」

「親会社からもリストラを言われているんだ。財務体質を強化しないと仕事を回さないってね」

「そうはいいましても社員の多くはまだ若いですが……」

「若いからいいだろう。辞めさせても彼らはどこかにもぐりこめるんじゃないか」

安泰は一向に意に介さない。

「どこも不況ですから」

私は返事を渋った。安西はなんども右の眉を動かした。間違いなくイラついている。

「ぐずぐず言うな。とにかく数か月でクビを切れ。分かったな」

こうなるともう手がつけられない。私としては従わざるをえなかった。

私は、段階を追ってリストラをすることにした。業務成績が悪い者、製造過程でミスが多いとか営業成績が芳しくない者などを選び出し、まず三十人を辞めさせる。その結果、社内にリストラの空気を広めて、次の三十人、そして一気に百人まで持っていくことにした。

自宅に人事評価シートを持ちかえり深夜まで誰をリストラするか選んだ。なかなか難しい。それぞれの顔が浮かぶ。家庭の事情も知っている。子どもの受験、結婚、親の介護などなど。選ぶとなると、それまで気にしていなかった従業員の個々の事情が、ぐいっと迫ってきて、弱気になる。しかし、それらに押されては社長の意向を体現できない。鬼になって弱気を押し返した。

「どうしたの？　毎日、暗い顔しているけど」

妻の聡子《さとこ》が心配そうに聞いた。朝食の席だ。

「なんでもない」

私は、怒ったようにつっけんどんに返事をしてコーヒーを飲んだ。

「仕事には口を挟みませんが、病気にでもなられたら大変だからね。亜矢子《あやこ》が大学受験ですから気をつけてください。お金がいるんだから。あの子、音楽大学を受験するでしょう。本当に大変よ。もう羽が生えたみたいにお金が飛んでいくのよ。どこかにお金のなる木があれば、私、飛んでいくのに……」

「うるさい！　金、金、金って言うな。そんなに金が欲しいなら、金と結婚しろ」

私は、怒りに任せてコーヒーカップをテーブルに叩《たた》きつけた。ものすごい音がして、カップが割れた。見ると、目の前に座っている聡子の服にコーヒーがかかっている。聡子が凍りついたような顔をしている。私は、普段、あまり感情を表に出さないからだ。

「あなた、どうしたの？」

聡子は、ようやくそれだけを言うと、服についたコーヒーを拭った。私は、割れたカップを見つめていた。

「悪い、疲れているんだ」

私は、カップの破片を集めてビニール袋に入れた。

二階から急ぎ足で降りてくる音が聞こえた。亜矢子だ。

「今、なあに？　大きな音がしたけど」

亜矢子が不安げに聞いた。

「なんでもないわよ。さあ、出かける時間でしょ？」

聡子が言った。亜矢子は、いつも先に朝食を済ましている。

「今日は、パパと一緒に出ようかな」

亜矢子が笑みを浮かべた。

「あら、珍しいわね」

聡子が苦しそうに笑って言った。

「じゃあ、駅まで一緒に行こう。ちょっと待ってくれ」

私は、急いで準備をした。亜矢子が、一緒に出ようと言ってくれるとは本当に珍しい。

私は、少し浮かれた気持ちで家から外に出た。駅までは徒歩で七分くらいの道のりだ。

「どうしたんだ、今日は？」

「パパがいつも暗い顔をしているから、少し心配になったのよ」

「俺のことより受験はどうなっている？」

「大丈夫。任せて」

亜矢子は、拳でトンと胸を叩いた。

商店街に差し掛かった。ここを抜けると駅だ。

「昔、ここをパパとよく歩いたね。あそこにあった惣菜屋のコロッケが食べたいってぐずったことを覚えているわ」

亜矢子の視線の先に惣菜屋はない。今はコンビニに変わってしまった。

「そうだったな。懐かしいなぁ」

私の視線の先に幼い亜矢子が見えた。ぐずる亜矢子を私は宥《なだ》めきれなくて、とうとうコロッケを買わされた。亜矢子は、コロッケを手にすると泣きながらも、喜びに頬を緩め、熱い、熱いと言いながらほおばった。

私は、亜矢子の横顔をじっくりと見つめた。ここまで順調に育ってくれたと神様に感謝したい気持ちで胸がいっぱいになった。

私は、亜矢子のためにもリストラ案をまとめて、なんとか社長に認めてもらわねばならないと決意した。

安泰にリストラ案を提示した。まず希望退職を募る。会社が希望する時期までに退職に応じてくれれば給料の半年分を上乗せすることにした。約二億円かかると言った時、安泰は露骨に顔を歪《ゆが》めたが、「分かった」と言った。それで百人に満たなければ退職勧奨を実施することにした。勧奨といっても実際は退職勧告、あるいはクビ切りに近い。

「本当にいいんですね」

私は、今から始まるリストラ交渉を考えると気が重くなり、安泰に念を押した。

「ああ、すぐに頼む。どんな手を使ってもいいから辞めさせろ」

「つぎ、好況になった際、人出が足りませんよ」

「その時になれば、また採用すりゃいいさ」

安泰は、まったく痛みを覚えていないようだった。

自分の無能さでリストラせざるをえなくなったことへの厳しい反省を、この男に求めたいと思う気持ちが湧きあがってきた。しかし、それをぐっと抑えた。そんなことをしてもなんの意味もない。彼にとっては従業員は、単なるコストでしかないのだろう。それを減らすことでしかプロフィットを増やすことができないと思っている。

「ではさっそく取りかからせていただきます」

私は、慇懃《いんぎん》に頭を下げた。

「ああ、頼んだよ。成果を上げてくれよ。成功すれば、よし。そうでなければ君自身がリストラ対象となるからね」

安泰の冷たい言葉を私は黙って聞いた。

私は、従業員を人事部長室に呼んだ。名目は、リストラではなく、人事査定面談とした。

私は、仕事は面白いか、成果は上がっているか、将来どうしたいかなどと聞いた。彼らが面白いと答えれば、会社側は面白いと思っていない、成果が上がっていると答えれば、期待した以下だ、このままここで勤めたいと答えれば、将来性はないと、ことごとく反論した。

彼らは、ようやく私との面談の意図を理解した。

「クビになるんですか？」

たいていの者が不安そうに聞いた。

「割増退職金はつける。実は、君には新天地を探してほしいと思っている。会社は君を雇う余裕がない」

私は冷たく言い放った。

彼らは、がっくりと肩を落とし、私を恨めしそうに見た。

「なんとかなりませんか」

そう言ってすがりつく者に対しては、心を鬼にして「君は無能なんだ。全く役に立たない。もし、辞めると言わなければ、割増はつけないよ」と厳しく言い放った。

彼らは憤慨しつつ、「分かりました」と言った。

リストラは順調に進んだ。しかし、その反対に私は徐々に壊れようとしていた。

夜、十分に眠れない。起きた時、まるで水でも浴びたかのようにぐっしょりとパジャマが濡《ぬ》れている。寝汗をかくようになったのだ。食欲がなくなった。食べても砂を嚙《か》むように味わいがない。日々、瘦《や》せ始めた。

「大丈夫なの。お医者に診てもらったら」

聡子が言った。心配しているのだが、それがうるさくて仕方がない。自分の辛い気持ちなど誰が分かるものかと思ってしまうのだ。

毎日、毎日、従業員が辞めていく。辞めないと言い張る者には、脅し、すかし、挙句の果ては、「給料泥棒！」とまで罵声を浴びせかけた。彼らは仕事にプライドを持っていた。それを私は、容赦なくずたずたに切り裂いたのだ。一方でその罵声は、そのまま私の心身を切り裂いていった。

ある時、安泰が私を社長室に呼んだ。そこには親会社の若い担当者がいた。

「リストラは順調に進んでいます。なあ、坂上部長、そうだな」

安泰は、若い担当者に媚びるような目つきで私に報告を求めた。

「はい、順調です」

私は答えた。

「なにが順調ですか。甘いですね。百人をリストラするという計画でしたね。しかし、まだ半分と少しだ。希望退職がたったの四十人。その後の退職勧奨も期待通り進んでいない。もう少しピッチを上げてくれないと……。これではおたくの財務体質は改善されません。そうなると仕事を減らさざるをえなくなりますよ」

若い担当者は、黒ぶちの眼鏡《めがね》の縁を軽く持ち上げた。その得意そうな仕草は、エリート臭がぷんぷんと匂い、弱い者苛《いじ》めを楽しんでいるようにさえ思えた。

安泰は、情けない顔をして「そんなことを言わないでくださいよ。なあ、坂上、やるよな、やれよ、本当にやるんだよ、分かったな」と担当者と私の顔を行きつ戻りつ見ながら、早口で言った。

私は、安泰と担当者を殴りたい気持ちを抑えるのに必死になった。

こいつら、私の辛さが分かっているのか、鬼！　お前なんか死んでしまえ、子どもがまだ小さいんだ、再就職なんてこの年ではできない、私のどこが役立たずなんですか。

私に浴びせられた恨みの声を袋に詰めて、この場でぶちまけてやりたい。心底、そう思った。

「一気に残りをみんなクビにしろ。できなければお前が辞めろ」

安泰の声に、私ははっきりと殺意を抱いた。

3

「まあ、飲みなさいよ」

源さんが、私のグラスにビールを注《つ》いでくれた。殺風景な源さんの事務所で二人きりだ。

「ありがとうございます」

私はグラスを差し出した。

源さんはすっかり化粧を落としている。顔には、長年の化粧のせいか、加齢のせいかは分からないが、染みが浮き出ている。

グラスに琥珀色《こはくいろ》の液体が満たされていく。

テーブルの上にはナッツとスルメ。

「あんたも変な人だね。ぬいぐるみの仕事なんかしてさ。会社の偉い人だったんだろう?」

「偉いって……、そんなことはありませんよ」

私は、苦笑いしながらビールを飲んだ。ほろ苦さが、身体の疲れと熱を取ってくれる。

「もう半年になるね。コンビを組んで……」

「そうですね。そんなになりますか」

「どうしてこの仕事を選んだのか、聞いてもいいかい。あの時は、突然、若い奴《やつ》に辞められて、募集したらあんたみたいなおっさんが来たんで驚いたよ。意外に辛い仕事だから、大丈夫かなと思ったんだけど、他に人がいなかったからね。あの時、あんた、変なことを言ったね、人に顔を見られたくないからって……。悪いことをしたのかと思ってドキッとしたけどね」

源さんは、一気にビールを飲み干した。

「私、他人にこの顔を晒《さら》したくなかったんですね。会社を辞めて、引きこもりになりましてね、もうなにもかも嫌になって、自分自身もですけど、それで……。でも外に出ようと思った時、テレビでゆるキャラを見て、ぬいぐるみをかぶればこの顔を晒さなくてもいいと思ったんですよ。それで応募したんです」

「自分の顔を外に見せたくないなんて、余程のことがあったんだな」

「ええ、私はひどい男なんです」

私は、ある三十代の社員と面談していた。勿論《もちろん》、辞めさせるためだ。

「あなたの仕事は、パートでもやれるんだよ。パートなら時給千円以下でやってくれる。もうあなたにこの会社での居場所はない。幾ら粘ってもダメだよ」

彼は、工場の管理を行っていた。リーダーシップもあり、仕事もできた。しかし、退職させねばならなかった。理由は、彼くらいの評価が高い社員までも退職させられるのだから、自分たちも粘っても仕方がないと他の者に思わせるためだった。安泰から一気に退職者を増やせと言われたので私は、彼を辞めさせることで他の社員たちに影響を及ぼそうとしたのだ。

彼を工場管理の仕事から外し、取引先へのダイレクトメールの宛て名書きを命じた。まさに誰でもできる仕事だ。さらに彼のプライドを傷つけるため、彼が書きあげた封書を目の前で「ダメだ」と言い、すべてシュレッダーにかけて裁断した。仕事に意味を見いだせないようにしたのだ。

「私は、辞めません。どうしても辞めさせたいなら解雇してください。不当解雇で争います」

　彼は、語気を強めた。

「あくまで退職勧奨だよ。そんなにいきり立ったら人間関係が悪化してしまって一緒には仕事ができないね。君は、全く評価されていないんだよ。同僚の評判も最悪だよ。会社としても穏便に辞めてほしいな。私なら、さっさと辞めて新しい仕事を見つけるけどね。君は無能、役立たず、給料泥棒の典型だよ」

　私は、思いつく限りの罵詈雑言《ばりぞうごん》を彼に浴びせた。なぜこんなことができたのか分からない。安泰から命じられたからか、私自身にこうした人を苛めることができる負の面が隠れていたからか、それは不明だ。はっきりしているのは、彼を精神的に壊そうとしていたのだが、自分自身も壊れていたのだろう。とにかく私は、何回も彼を呼び出しては苛め、いたぶり、「人間のクズ」とまで言い切った。

　彼は、私の前ではらはらと涙を流すことがあった。同情したくなる気持ちが起きることがあったが、それをこらえた。

「私には四歳の娘がいます。彼女には音楽をやらせたいんです。私ができなかった夢です。ピアノを買ってやりたい。先生につけてやりたい。親馬鹿かもしれませんが……。そのためにも勤務させてください。お願いします」

彼は、私の前で号泣した。

ふと私の娘の姿が浮かんだ。娘も音楽関係に進みたがっている。しかしその思いをふっ切った。

「泣き落しをしても無駄だよ。みんないろいろな事情があるからね」

私は冷たく言い放った。その時、私の身体に悪魔が忍び込んだ。

「奥さん、呼んできなさい。一緒に話し合おう」

私は、薄く笑った。それは私ではない。私の中に忍び込んだ悪魔が笑ったのだ。

彼は、涙を拭った。そしてほのかに顔色を紅潮させた。一筋の光明を感じ取ったのだろう。

彼は、すぐに妻を連れてきた。若く、美しい妻だった。私は、それを見て、少なからず嫉妬した。

「奥さん、ご主人は無能です。役に立ちません。会社には不要の人物です。いつまでも退職しないんで迷惑しています。今なら退職金を割り増しします。しかし、このままぐずぐずしていたら、割増はなくしますし、業務を妨害した罪で訴えますよ」

私の中の悪魔が、彼女に向かって言った。めちゃくちゃなことだ。こんなことで彼を訴えることなどできないのは当然なのだが、そうした知識のない彼女を打ちのめす効果はあったようだ。

彼女は、青ざめ唇を震わせた。彼は、空洞になったような意識のない目になった。私は、その時、ぞくっとした。人間が本当に相手を憎んだら、こんな目になるのだと思ったのだ。

しばらくして彼は退職した。彼が辞めたことで、目論見《もくろみ》通り続々と退職者が続いた。私は、安泰から命じられた百人のリストラを完了した。

ある日、彼女が私を訪ねてきた。

私は、会いたくなかったが、会わないと帰らないと言うので、仕方なく会った。

彼女は、私の顔を見るなり、「人殺し！　夫は自殺しました。夫を返してください！」と面談フロアー全体に響き渡る声で叫んだ。私は、慌てて逃げた。ただひたすら逃げた。恐ろしくてたまらなかった。彼女の顔は、青ざめ、荒《すさ》み、憎しみに溢《あふ》れていた。振り返れば、彼女が真っ赤な口を開けて、私を襲ってくるのではないかと思った。

私は、彼女の言ったことが事実かどうか確認した。間違いなく事実だった。彼は、深夜に自宅近所の公園の木で首をくくって死んでいた。遺体を発見したのは、彼の娘だったという。

私は、安泰に彼が自殺したと報告した。

「君、やり過ぎたね」

彼は、私を冷たい視線で見つめた。私は、安泰に歩み寄り、胸倉を摑んだ。

「な、なにをする」

安泰が驚いて私を両手で強く突いた。私は、バランスを失い、後ろに倒れた。

「クビだ、クビだ。暴力でお前を告訴してやる！」

安泰は、私を指差し、怒鳴り散らした。

私は、自分がなにをしたか分かっていなかった。安泰の胸倉を摑んだことなどもう忘れたい。

その日から、人殺しという彼女の声が、私を責めた。

＊

「そうかい、仕事とはいえ、辛いもんだな」

源さんは、二本目のビール瓶の栓を開けた。

「寝られないんです。鏡の中や電車の中、いろいろな場所に自殺した社員が現れて……。後ろから声をかけられて振り向いたらその彼だったりね。怖くて逃げましたよ。変に思われたでしょうね。社長の首根っこを摑んだり、精神が不安定になったりで会社を辞めざるをえなくなったんです」

「あんた奥さんや子どもさんとも別れたんだろう？」

私は源さんの目を見つめ、涙ぐんでしまった。

聡子と亜矢子を思い出してしまったのだ。本当に二人には悪いことをしてしまった。

「おかしくなったんです。自殺した社員やリストラした社員の顔が浮かんできて、うなされたり、暴れたり、包丁まで持って振りまわしたりするようになって、とうとう、妻は娘と一緒に出ていってしまいました。一年前です。それから半年ほど引きこもって、自殺しようと考えていたんですが、社長に拾っていただきました。顔なんか晒せたもんじゃありません」

「まあ、そのうちいいことがあるさ」

源さんが私のグラスにビールを注ぐ。

「いいことなんかなくったっていいんです。悪いことをしたんですから。ぬいぐるみをかぶっていると、なんだか落ち着くんですよ」

「不景気だから、いつ仕事が途絶えるか分からないが、まあ、頼むよ」

源さんは優しく微笑《ほほえ》んだ。

私は、このままでいい。ぬいぐるみをかぶって、世間から顔を隠していると落ち着き、自殺した彼の顔も見えない。できることなら一日中、ぬいぐるみをかぶって過ごしたいほどだ。

「また明日な」

源さんは、言った。私は、ビール瓶を片付け、事務所の二階へと行った。そこが私の寝室だ。私は、自分のマンションを聡子に渡し、身ひとつで出てきたのだ。

4

「ウサギさん」

少女が近づいてきた。目鼻立ちの整った愛らしい顔だ。五歳か六歳くらいか。

私は、大きな頭を下にしてできるだけ可愛く振る舞った。少し膝を折り、目線を可能な限り少女に合わせた。

「電子ピアノ、あるの？」

今日は、商店街の楽器屋の前でチラシをまいたり、風船を配ったりしていた。あるよ、というメッセージを込めて私は三度頷いた。

少女は哀《かな》しそうな顔をした。私は、どうしたの？　という風に首を傾《かし》げた。

「私ね、お父さんがいないの、それでね、ピアノ買えないの」

少女には父親がいないようだ。それで家計が苦しいのだろう。

「私ね、ピアニストになりたいの。お父さんと約束したんだ」

私は、ウサギの手で少女の頭をなでた。約束を果たしなさいという気持ちを込めた。

「お父さん、死んだの。私、ピアニストになって死んだお父さんのためにピアノを弾いてあげるの」

私は少女に店の中に入るように手招きした。電子ピアノを見せてあげようと思ったのだ。母親が一緒の方がいい。そう思って周囲を見渡した。

女性が近づいてきた。私は、心臓が止まるかと思った。ぬいぐるみの小さな目の間から見えたのは、自殺した社員の妻だった。真《ま》っ直《す》ぐこちらに歩いてくる。私は思わずぬいぐるみの頭を両手で触った。ウサギの頭をかぶり忘れたのかと心配になったのだ。間違いなくかぶっている。逃げ出したいと思った。しかし、少女が私の手を摑んでいる。店内に入りたがっている。

「どうしたの真央《まお》？」

彼女が少女に言った。少女は、真央というらしい。

「ウサギさんが、電子ピアノを見せてくれるの」

少女の返事に彼女は笑みを浮かべた。一年前、私に「人殺し」と叫んだ時の激しい憎しみの表情はない。

「そうなの？　よかったわね」

「ママ、一緒に見てくれる？」

「いいわよ」

彼女は少女の手を取って店内に向かおうとした。

「ウサギさんも一緒に」

少女は私の手を摑んで離さない。

「ダメよ、ウサギさんはお仕事中なんだから」

彼女は、少女を私から離そうとした。

「いや、ウサギさんは一緒にピアノを見るって言ったんだもの」

少女は私の、と言ってもウサギの手を摑んで離さない。

私は、源さんを見た。源さんは、頭を振って、一緒に中に入れ、と言ってくれている。

「困った子ね」

彼女は顔をしかめた。私は、思い切って店内に向かって歩き始めた。

「ウサギさん、一緒に行ってくれるんだ」

少女ははしゃいで店内に走って入った。彼女は、私に向かって「ご無理言ってすみません」と頭を下げた。私は、震えていた。彼女は、ぬいぐるみのウサギの中に人間が入っていることを知っている。それが自分の夫を自殺に追い込んだ人間だとは知らない。しかし、私は、すべてが明らかになっているような気がして震えが止まらなかった。幸いにしてぬいぐるみは厚い布でできている。私の肉体の震えや心の怯《おび》えが外に出ることはない。

私は、渾身《こんしん》の力を振り絞って、足を踏み出し、少女の後を追いかけた。

少女と彼女は電子ピアノの前で立っていた。彼女が椅子《いす》を調整し、少女が座った。簡単な曲を弾き始めた。

少女の顔はほころび、桜色に色づいた。そして彼女を何度も振り返った。買ってほしいというサインのように見えた。電子ピアノの価格は二十五万円と表示してあった。

「真央、無理よ、買えないわ。うちは貧乏だからね」

「うん、分かっている。でもお父さん、真央の誕生日に買ってやるって約束してくれてたのにね。どうして死んじゃったのかな。三月三日はもうすぐなのにね」

少女は、別の曲を熱心に弾き始めた。彼女が目頭を押さえた。私は、じっと二人を見ていた。胸が押しつぶされそうな気がした。

「さあ、真央、帰るわよ」

「もう少し弾きたい」

「ダメよ、お店の人に迷惑でしょう」

彼女に諭されて、少女は椅子から下りた。

「ウサギさん、またね」

少女が私に手を振った。

「ご迷惑をおかけしました」

彼女が謝った。私は、おおげさに見えるほど手を振って、迷惑ではないとメッセージを送った。

私は、二人が見えなくなるまで見送った。

その日、事務所で源さんに頼みごとをした。

楽器店の宣伝業務は数日続く予定だ。もし、今日の親子が再び来店したら、後をつけたいということだった。

「どうしてだい？」

「あの親子に私は罪深いことをしたんです。まさかこの街に住んでいるとは思いもよりませんでした」

自殺した社員は、生前は違う街に住んでいた。きっと彼が亡くなってからこの街に引っ越してきたのだろう。

源さんは、「分かった」と答えてくれた。事情をすべて察してくれたのだ。

明日も少女が来ることを願って、私は眠りについた。

5

源さんの太鼓が大きく響いた。少女が向こうから歩いてくる。彼女が手を繋《つな》いでいる。

私は、少女に手を振った。少女は、私に向かって走ってきた。そして店内に入り、彼女に見守られながら電子ピアノで数曲を演奏した。こころなし昨日よりも上達している気がした。私は、力いっぱい拍手をした。布で作られた手で拍手しても、どんどんという鈍い音しかしないのが悲しい。

少女は、満足そうな笑みを浮かべ、彼女とともに店から出て、商店街を歩いて去っていった。私は見失わないように二人の行方を注意深く目で追った。ぬいぐるみの小さな穴の中に二人の姿がすっぽりと収まるほど小さくなった。

源さんが、当たり鉦を強く叩いた。それを合図に私と源さんは、二人の後をつけるように歩き始めた。

源さんは、当たり鉦と太鼓を叩き、私はチラシを配りながら。

二人に気づかれたとしてもチンドン屋とぬいぐるみのウサギが楽器屋の宣伝に街を練り歩いていると思うだけだろう。

ウサギさん、ウサギさんと子どもたちが集まってくる。私は、チラシを配る。二人の姿を見失わないようにしなければならない。視界は、小さな穴だけだ。少し頭を動かすだけで二人の姿は消えてしまう。私は、焦りながらも、落ち着いて注意深く二人の後をつけた。

二人は、商店街を通りぬけ、大通りに出て、しばらく歩いた。そして住宅街の中に入った。

周囲は、個人宅やアパートばかりだ。ここでチンドンと鳴り物を鳴らすわけにはいかない。うるさいと叱《しか》られてしまう。

「どうする？」

源さんが聞いた。

私は、チラシを投函《とうかん》する格好をした。鳴り物なしで、住宅の郵便受けにチラシを投函して歩こうと考えたのだ。

源さんは、頷き、私の考えに賛成した。

私は、遠めに二人の姿を捉えながら、チラシを投函しはじめた。

ふいに少女が振り向いた。彼女も少女に促され、こちらを振り向いた。心臓が止まるかと思うほど驚いた。足がすくんだ。源さんの足も止まった。つけてきたのが、バレたと思った。怪しまれる……。私の素性を知られてしまう。人殺し……の声が頭の中で繰り返される。

「ウサギさん！」

少女が手を振って、こちらに駆けてくる。駆けてこないでくれ、それでは君の家が分からないではないか。心の中で叫んだが、手は自然と上に上がり、少女に向かって大きく振っていた。

私もぎこちない歩き方で少女に近づいた。ようやく少女が、息を切らせて、私の前に立った。目を生き生きと輝かせている。

「ウサギさん、お仕事?」

私は、頷く。

「私んちは、すぐそこよ。来てよ」

少女は、私の手を摑むと、ぐいっと引っ張った。意外と強い力だ。私はよろめいた。たたらを踏んでしまった。源さんがもう一方の手を慌てて摑んでくれた。そうでなければ転んでいたかもしれない。

私は、少女に引きずられるように歩いた。少女の行く先には彼女が立っていた。徐々に近づいていく。私の鼓動が高鳴り、耳元で響いている。なぜこんな住宅街にいるのか? まさかつけてきたのか? ぬいぐるみを取って、姿を現しなさい……。彼女が言いそうな言葉、非難の言葉、疑惑を込めた言葉が浮かんでくる。

「お嬢さん、お元気ですね」

源さんが彼女に言った。カンカンと当たり鉦を鳴らした。

「チラシ配りなんですね」

彼女が、笑みを浮かべた。

「そうなんですよ。チンドン屋は忙しいんです」

源さんは、言葉を発することができない私に代わって、怪しまれないように彼女に話しかける。

「ウサギさん、私んちはここよ」

少女が、アパートを指差した。グレーのモルタル壁の決して立派とは言えない二階建てのアパートだった。

私は、少女の指差す方向を見た。「二階の三号室にママと二人」

少女も部屋の方向を見上げた。

「以前は、違う街に住んでいたのですが、夫に先立たれまして引っ越してきました」

彼女が私の傍《そば》で話し始める。私はウサギだ。彼女の話し相手にはなりそうもない。

彼女は、年配の源さんに話しかけている。

「ご主人は、ご病気かなにかで……」

源さんが聞く。

不思議な光景だと思うだろう。髪を文金高島田に結って化粧を白く、厚く塗った顔のおっさんとピンクのぬいぐるみのウサギが、女性とその娘の少女と誰もいない住宅街の小さな道で話している。

「ええ、まあ、そのようなものです」

彼女は、目頭を押さえた。目が赤くなっている。彼が亡くなって一年余りだ。悲しみは、まだ癒えていない。

「大変ですね。でもお嬢さんがお元気だからいいですね。励みになる……」

源さんの言葉に、彼女は少女を優しく見つめて「ええ」と言った。

「私ね、昔は、会社勤めをしていたんです。今は、こんな恰好《かっこう》をしていますが、なかなか偉かったんですよ」

源さんが彼女に話し始めた。彼女は、なにか心にひっかかるものを感じたのか、目を少しばかり見開いて源さんを見つめた。

「ある時、勤めていた会社の景気が悪くなりましてね。いやぁもう、社長はリストラするって。要するにクビ切りですよ。冷たいなって思いましたよ。今まで仲良く働いていた仲間を職場からていよく追い出すってわけでしょ。私は、その追い出し役を命じられましてね」

彼女は熱心に耳を傾けている。

「そりゃ嫌でしたね。でも社長の命令に逆らう訳にはいかないですからね。辛かったですね。一人、一人、社員を呼んで、辞めてくれって言ったんです。でもそう簡単に、はい、そうですかって辞める奴はいません。そんな奴には、脅し、すかし……。時にはひどいことも言いましたよ。心では、泣いて謝っていたんですがね」

「でも言われた方は、あなたよりももっと辛かったと思います」

彼女は、強い視線で源さんを見つめると、反論した。

「そうでしょうな。役目だったから、なにを言ってもいい、なにをしてもいいとは思いません。しかし、私も必死でしてね。クビを切らないことには会社がなくなっちまう。そう思っていましたから。でもひと通りクビを切り終えたら、責任をとって会社を辞めようと思っていました。社員に辛い思いをさせて、自分だけ会社に残るわけにもいきませんからね」

源さんは、遠くを見つめた。源さんが昔、会社勤めをしていたという話は聞いたことがない。今、話していることは、私のことだろう。

「それでお辞めになって、今のお仕事を？」

「ええ、ここに辿《たど》り着くまでいろいろありましたがね。クビを切ったことへの後悔が強くて苦しみました。社長から言われた時、できませんってさっさと退職してしまえばよかったんでしょうかねぇ。でも私がやらなかったら、別の誰かが嫌な役目を担わねばならなかったでしょう。そう思って自らを慰めたりしましたね。いまさら後悔先に立たずですけどね。まあ、辞めさせる者、辞めさせられる者、不幸な出会いでしたが、それも人生です。受け入れて生きていくしかないかなと今では思うようになりました」

源さんは、深くため息をついた。迫真の演技だ。

まさか……、源さんは自分の人生を語っているのか？

「そうですわ。不幸な出会いであろうと、それも人生。なにもかも受け入れて生きていくしかないんですね。私たちって……」

彼女は、呟《つぶや》くように言い、少女の手を摑んだ。

「なんだか、話し込んじゃって、すみませんでした。奥さん、またお嬢さんをお連れになってピアノを弾きに来てください。お店の方は歓迎していますから。チンドン屋っていうのは悲しいことも嬉《うれ》しいこともなにもかもひっくるめてチンドン、チンドン……」

源さんは歌うように言い、当たり鉦をカンカンと鳴らした。

源さんが歩き出した。私は、少女に手を振りながら、源さんの後に従った。

二人が住んでいるアパートの住所は分かった。目的を達することができた。その郵便受けには、彼女と少女の名前と並んでもうひとつの名前が書いてあった。それを私ははっきりと認めた。その名前は、忘れようとしても忘れられない自殺した社員の名前だった。

6

私は、電子ピアノをじっと見つめていた。あわただしく客や従業員が動く、店内でウサギのぬいぐるみが、じっとしているのは異様な雰囲気を醸し出していたかもしれない。

「おい、それをあの子に贈りたいんだろう。もうすぐ誕生日の三月三日だからな」

源さんが言った。

私は、大きな頭で頷いた。

「贈っても、喜んでもらえるかどうか、心配なんだな?」

うんうんと頷き、私は、ウサギの手で胸を抑えた。気にしているという格好だ。

「こんな高いもの、見ず知らずの人から贈られたら気持ち、悪いよな」

源さんは、ふっと笑みを浮かべた。

値札には、二十五万円と書かれている。

「あんたはなんでこれを贈ろうと思ったんだ？」

私は、万歳の格好をした。少女に、喜んでもらうためだという意味を込めた。

「あの女の子に喜んでもらうためだとは分かるよ。だけど、本当はあんた自身のためなんだろ？　あんたがあの子に謝りたいんだ。それで心の安らぎを得て、救われたいんだな」

源さんの言葉に、私は大きな頭を傾げた。源さんの言葉の意味を考えていたのだ。

「贈りゃいいと思うよ。もし受け取ってくれなければそれはそれで仕方がないさ。受け取ってくれれば、それでよし。しかしなぁ、それであんたの罪は消えないぜ。いつかそのぬいぐるみを脱いで、あの二人に土下座して、謝って、亡くなった社員の墓に花を手向《たむ》けるんだな。いつまでもぬいぐるみの中に入っていちゃだめだよ。本当の顔、本当の姿を見せなけりゃ、あんたも救われないさ」

私はぬいぐるみの中で、ぼろぼろと涙を流していた。源さんの言う通りだと思った。いつか、きっと勇気を振り絞って、二人の前で土下座しようと誓った。見ると、源さんも泣いていた。白く塗った化粧の上に涙の跡ができていた。私は、その時、悟った。源さんが彼女に話したことは、私のことではなく、源さん自身のことなのだと。源さんも白塗りの厚い化粧の下に悲しみを隠して生きていたのだ。

私は、少女宛てに電子ピアノを贈ることにした。贈り主は、自殺した社員の名前だ。それは彼女の最愛の夫であり、少女が一番好きな父親の名前だ。

突然届いた電子ピアノを見て、少女は大喜びするだろうが、母親は驚いて、楽器店を訪ね、購入者の名前を聞くに違いない。しかし、そこで聞くのは亡くなった夫の名前だ。

そんなはずはないと、どうしても贈り主の名前を知りたい母親は、必死の形相で「いったい誰なんです。教えてください」と店員に尋ねる。

店員は困惑しながら「さあ」と答えるのが精いっぱいだ。

その時、私と源さんは、母親も少女も知らない、どこか別の街をチンドン、チンドンと練り歩いていることだろう。

悲しいことも、嬉しいことも、チンドン、チンドン……。

参考：『悶える職場　あなたの職場に潜む「狂気」を抉る』（吉田典史著・光文社刊）

夫、帰る。

夫

　このなんとも言えない違和感はどうしたことだろうか。緊張感でも異物感でもなく、そう、自分自身が異物になってしまったような感覚……。

　日を置いた料理を冷蔵庫の中に見つけ、食べられるだろうかどうか思案し、口に入れる。やや張り詰めた気持ちで咀嚼《そしゃく》する。特に傷《いた》んでいないようだ。酸味もない。しかしなかなか嚥下《えんげ》することができない。口の中に残り続ける。美味《おい》しくもなんともなく、噛《か》み続ける。そんな感覚と言えるだろうか。

　インドネシアから帰国してから、ずっとこのような感覚が続いていた。なにせ二十年も家を空けていたのだ。仕方がないと言えば、仕方がないのだが。

　しかしどこかで期待していた。企業戦士として海外で頑張ってきたのだ。妻や子が、温かく迎えてくれて、涙を流さんばかりに喜んでくれる姿を想像していた。

　長く戦地に赴き、戦争が終わり、ようやく引き揚げ船に乗って帰国した兵士たちを妻や子が、その名を呼びながら夫を探している。人いきれにむせながら、喉《のど》も潰《つぶ》れよとばかりに夫の名、父の名を呼ぶ。兵士である私も妻の名を呼ぶ。子の名を呼ぶ。人ごみに押しつぶされそうになるのを、掻《か》きわけ、掻きわけ、妻と子を探す。首は伸び切ったままだ。ようやく目の前に妻と子が現れた。妻は涙し、子は笑っている。その空間は、一時の静寂に包まれ、私たちだけしかいない。私は、先ほどまでの必死な形相を抑《おさ》えて、穏やかに微笑《ほほえ》みながら、「ただいま」とはにかむように言う。妻は涙を拭《ぬぐ》い、「おかえりなさいませ」と答える。私が両手を広げると、子が走って、その腕の中に飛び込んでくる。私は、彼を抱き上げ、「重くなったなぁ」と感慨深げに言う。そっと近づいてきた妻も、「大きくなりましたでしょう」と言う。妻の髪《かみ》やもみあげに白いものが混じっている。「苦労をかけたな」と囁《ささや》くように言う。妻はなにも答えず、泣き笑いの顔をくしゃくしゃにして私を見つめ続けた。

こんな様子を想像していた。しかし、帰るからと電話連絡しても、「ああ、そうなの」だけだ。

「飛行機の便を言うから。書き留めてくれ」

「いいわよ。メールしておいてください」

「迎えに来てくれるのか？」

「分からないわ。いろいろと予定があるから」

あっさりとしたものだ。メールで飛行機の便を知らせたが、それっきりだ。帰国寸前になって「迎えに行けないから。ごめんなさい」とメールの返信があった。腹が立ったが、ごめんなさいと言っているだけ、まだましか、と思い直した。

こうなるだろうという予測もあった。なにせ二十年だ。如何《いか》にも長い。しかし、失踪していたわけでもない。ちゃんと働いていた。給料も遅れずに届いていたはずだ。浮気？　多少、あったかもしれないが、決して恋愛というものではなく、金銭で解決することばかりで妻には迷惑をかけたことはない。

「どこかへ旅行でもしようか？　俺も暇《ひま》になったし……」

妻に言った。コーヒーを飲んでいた妻は顔を上げ、「勝手ね」と呟《つぶや》くように言った。その目は、なんとなく責めているような冷たさ、鋭さがあった。

「おい、今、なんと言った？」

私は、多少、かっとなった。言い方が、帰国して初めて険《けわ》しくなった。

「勝手と言ったのよ」

妻は、感情を込めないで言った。

「どこが、俺のどこが勝手なんだ」

いよいよ険しくなる。表情が歪《ゆが》んでいるのが分かる。

どこかでこの妻との間に、どっしりと座りこんでいる違和感を解明したいと考えていた。今がそのチャンスなのかもしれない。そう思うと、多少、険しくなるのも構わないだろう。

「あなた？」

妻の目が、ぞくっとするほど冷え冷えとしている。

「なんだ？」

眉根を寄せる。

「退職は、今月末でしたわね」

「そうだよ。その後は、なんとか関係会社で雇ってもらえると思うけど……」

私は、今月、六十歳になった。それで月末で退職する。その後は、六十五歳まで一年毎《ごと》の更新だが、勤めることはできる。勿論《もちろん》、私が希望すればだが……。

私が勤務しているのは、飲料メーカーだ。どこのスーパーでも安価で買うことができるジュースなどの清涼飲料の製造販売だ。その会社の海外畑をずっと歩んできた。

「退職金は出るでしょうね？」

「ああ、そりゃ、出るさ。年金に半分は回そうと考えているんだけどね。それも相談しなくちゃと思っていたんだよ」

私は、明らかに戸惑っていた。妻の態度の冷淡さを追及するつもりだったのだが、話が退職金に及んだからだ。

こいつ、なにを考えているんだ？

そんな揺らぐような思いが、戸惑いになっていた。

「年金？」

「会社の厚生年金基金に退職金の半分を回しておけば、高利で運用してくれて六十五歳になった時、厚生年金と厚生年金基金の両方を受け取れるからね」

「そうなのですか？」

妻は全く関心を示さない。

「その方が、いいと思うんだけど、どうかな」

なんだか微妙に下手になる。おかしい。妻が、あまりにも無反応だからか。

「その、半分を預けないで、私にくれませんか？」

「お前に？」

「そうです。私に」

「なぜ？」

「半分は私のものではないのですか？　妻ですから」

感情のこもらない言い方だ。私は不安が募り始めた。

「そりゃあそうだけどね。年金に入れた方がよくないかい」

「私、退職金を半分頂いて、この際、離婚させていただきたいと思っております」

妻は、軽く目を伏せた。

「り、離婚?」

私は、目を大きく見開き、妻を見て、やや声が裏返ってしまった。

「はい、その通りです。よろしくお願いします」

妻

とうとう言ってしまった。「離婚」という言葉。

いつ頃から離婚を考え始めたのだろうか。

息子が、六歳の時、小児がんの疑いで板橋《いたばし》の専門病院に入院した。夫は、インドネシア赴任が決まっていた。新しい工場を立ち上げ、販売網を構築するという重要な仕事の責任者として行くことになったのだ。

「日本の市場は、少子高齢化でいずれ先細りする。インドネシアは一億人以上の人口があるんだ。ここで売らないと我が社はダメになるんだ」

夫は興奮気味に言った。

「子供が病気なのよ。赴任を止《や》めるか、延期してもらってください」

私は頼んだ。ひょっとしたら息子は死ぬかもしれないのだ。それほど長く生きられないかもしれない。私は必死だった。

でも夫は、会社に赴任を断ることも、延期も言い出せなかった。夫の言い訳は、「そんなことを言い出そうものならクビになる。クビになれば、子供の治療代も出せなくなる。虻蜂《あぶはち》取らずだ」。

なにが、虻蜂取らずなのか、と私はその時、はっきりと夫を憎んだ。あれも、これもと我儘《わがまま》を言っているのではない。息子が重大な病気かもしれないのだ。日本にいて息子と一緒に病気と戦ってほしい、ただそれだけを頼んだだけなのに。

息子は、幸い小児がんではなく、しばらく入院しただけで退院することができた。原因は不明だが、医者は、大丈夫でしょうと言ってくれた。

そのことをインドネシアに電話で知らせた。私は、嬉《うれ》しさと安堵《あんど》から泣いてしまった。しかし、夫は「ああそうか、よかった」とあっさりと言っただけだった。あまりにも私の気持ちと落差があり、なんだかばかばかしくなって電話を切ってしまった。

息子が中学生の時だ。一年生の最初は、喜んで通っていた。あまり外向的な性格ではなかったが、友達もできたと喜んでいた。

ところが夏休みが終わり、秋風が頬《ほお》にひんやりと感じられ始めたころ、学校に行くのを嫌《いや》がった。

「体調が悪いの？」

「いいや」

「どうしたの？　学校に行かなきゃだめでしょう」

「ほっといて！」

「ほっとけないでしょう」

私はきつく言った。

夕食時だったが、息子は、テーブルに箸《はし》を打ち付け、「うるせぇ、クソババァ」と叫んで、自分の部屋に入ってしまった。

開いた口がふさがらないとはこのことだ。息子からののしられるとは思いもよらなかった。

あの時の息子の私を見る目は尋常ではなかった。憎しみ、さげすみ、あらゆる負の感情がめらめらと燃えていた。

どうしたらいいのか？　私は考えあぐねた。反抗期なのか、苛《いじ》められているのか、いろいろと心配が募った。もし、苛められているなら、まさか自殺……。女姉妹で育った私は、男の子の扱いに慣れていなかった。

「もしもし……」

私は、夫に電話した。

「どうした？　急用か？」

夫は声をひそめて答えた。誰かと食事をしていたのだろうか。

「息子が大変なのです」

「怪我《けが》でもしたのか」

「そうじゃないです。学校に行きたがらないのです。それに……」

「それに……、どうした？」

「私のことをクソババァと……」

夫が、わずかに笑った。

「どうして笑うのですか？」

私は、抗議口調で言った。

「お前のことをクソババァと言ったからだ。あいつも一人前だな」

「そんな悠長なことを言っている場合じゃないと思います。学校で苛められているかもしれないんですよ。それで自殺でもしたら……」

「そんな大げさに考えなくてもいいだろう。ちょっとした反抗期さ。俺にもあったし、誰でもかかるハシカみたいなものだ。ほうっておけば、治るさ。それじゃあ」

夫は、今にも電話を切ろうとした。私は、慌《あわ》てて、「待ってください。学校に行くように言ってください」。

「俺から？」

「あなたが父親なんですから」

「お前が言えよ。遠くにいる俺が言っても説得力がないだろう」

夫が息子と話すのを嫌がる空気が電話口から流れてきた。

「私じゃききめがありません。あなたからお願いします」

私は引きさがらなかった。

「分かったよ。この電話、回せるのか」

夫が、顔をしかめているのが分かった。嫌なのだ。

私は、急いで電話の子機を持って息子の部屋のドアを叩《たた》いた。息子は、眠っていたのか、さも大儀そうな顔をしてドアを開けた。

「なぁに？」

「お父さんよ」

私は、息子に子機を渡した。

「お父さん？」

息子の顔に緊張が浮かんだ。やはり夫が怖いのだと少し安心した。息子が、夫と話すのは正月以来ではないだろうか。年に何回も帰ってこない夫だが、帰ってくると息子とよく遊び、話しているようだが……。

息子は、私から子機を受け取ると、部屋のドアを閉めてしまった。なんとか聞こえないかと私はドアに聞き耳を立てた。なにも聞こえない。いらいらした。毎日、顔を突き合わせ、面倒をかけている私に「クソババァ」と罵声を浴びせ、会話を拒否しておきながら、めったに会わない夫と話をする息子に腹が立った。

しばらくしてドアがわずかに開いた。子機を持った手が伸びてきた。私は、それを受け取り、「なに、話したの？」と聞いた。「べつに」と息子は答えて、ドアを閉めてしまった。

子機を耳に当てた。

「どうでしたか?」

私は夫に聞いた。

「たいしたことはない。少し友達と喧嘩《けんか》したそうだ。大丈夫だよ。心配するな。もし、またなにかあったら、帰国した際、学校に行く。それじゃあな。切るぞ」

「えっ、それだけですか。たいしたことないと言われても……」

「お前が心配し過ぎなんだよ。ちょっと大事なお客さんと一緒だから、もう切るぞ」

「あなた……」

電話は切れてしまった。

家族より大事な客なんてあるのかしらと怒りを覚えた。息子が、私より夫と冷静に話をしたらしいことも怒りを増幅した。

女?

ふいにそんなことが浮かんだ。女と一緒なのではないかしら? 大事な客とは真っ赤な嘘《うそ》で、女と楽しげに食事をしているのではないだろうか。

息子は、翌日、学校へ行った。しぶしぶの様子だが、とりあえずほっとした。いったいなにを話したのだろうか。

それよりも女だ……。夫には女がいるに違いない。現地妻ということを聞いたことがある。長期駐在員が現地の女性を妻にしているというのだ。勿論、婚姻届を出した正式な妻ではない。いわゆる愛人。

夫は、一年に正月の数日間しか帰国しない。あの処理はいったいどうしているのだろうか。

この疑問を抱いたのが、息子の登校拒否問題が起きた時だから、夫がインドネシアに行って七年が経《た》っていた。

私は、この疑問を夫に問いただすこともしなかった。インドネシアに行き、夫の生活を調べてみることもしなかった。なぜだろうか。本当のことだったら怖いと思ったからだろうか。今さらではあるが、夫とこの疑問を解消するために直接対峙《たいじ》すればよかったのにと後悔しないわけではない。

しかし、私は、疑問を抱くと同時に「離婚」を考え始めていたのだろうと思う。それはぶすぶすと私の中で燻《くすぶ》り続け、十三年が過ぎてしまった。

夫

有楽町《ゆうらくちょう》のガード下は、まるでアジアの街が、そのまま移ってきたような賑《にぎ》わいだ。オープンテラスと言えば聞こえがいいが、屋台がずらりと並び、サラリーマンやOLが席を埋め尽くしている。インドネシアの裏通りにもこれほどの屋台は並んでいない。

私が、インドネシアに出発したのは二十年前だ。そのころは、こんな景色はなかったように記憶している。勿論、ガード下の屋台風の飲み屋はあった。しかし、これほどの賑わいはなかった。同僚と飲む際は、きちんと屋根があるというとおかしいが、バーなど、店の中で飲んでいたように思う。そのころの方が、今よりも給料が安かったのに高い店で飲んでいたのだ。

「すごいなぁ」

私は同僚に言った。

「すごいだろう。いつの間にか、こんなに店が増えちまった。台湾《たいわん》か香港《ホンコン》みたいだな」

同僚は台湾に長く駐在していた。

「アジアチックと言いたいが、東南アジア以上に東南アジアだなぁ」

私は、同僚の行きつけの焼き鳥屋の席についた。椅子《いす》は背もたれなしの木製。テーブルはビールケースを積んで、その上に板を置いただけだ。

「安くて美味《うま》いんだよ。まあ、デフレの行きつく先が、屋台の飲み屋っていうわけだな」

「デフレかぁ。そう言われりゃそうだな。まあ、安くて美味けりゃ構わないけどね」

ビールと焼き鳥が運ばれてきた。焼き鳥が山のように皿に盛られている。一本、口に入れる。なかなかいけるじゃないか。

「美味いな」

焼き鳥の串を同僚に見せる。

「そうだろう。いけるだろう。乾杯しよう」

同僚は、得意げに言い、ビールジョッキを持ち上げた。

「乾杯」

私は言った。

「お前のインドネシアからの帰国と、定年に乾杯だ。俺もすぐに後を追うからな」

「ありがとう」

ジョッキがカチンと音を立てて、合わさった。

冷えたビールが、喉を勢いよく通過する。身体の隅々まで冷えて行く。なんとも言えない心地《ここち》よさだ。

「ところで相談があるんだって？」

同僚が、焼き鳥に手を伸ばしながら言った。

「ああ、ちょっと聞いてもらいたいことがある」

私も焼き鳥を取った。

「深刻なことか？」

「深刻と言えば、深刻だなぁ」

「仕事か？」

「いや、家庭、女房のことだ」

「奥さん、どうかしたのか」

同僚は好奇心を覚えたのだろうか、表情に変化が表れた。

「離婚したいと言われたよ」

私は、ビールをぐいっと飲んだ。嫌な言葉をビールと共に飲み込んでしまいたい気持ちだった。

「やはりな」

同僚は、急に興味を失ったように呟いた。

私は、あっけにとられた。自分なりに思い切って言ったつもりだったのに、どうして？　という思いだ。

「反応、鈍いな」

不満な顔を同僚に向けた。

「女房が、浮気して逃げたなんて話なら面白いんだけど、離婚を突き付けられたなんてのは、ありきたりでさ」

同僚は、ちょっとバカにしたように私を見た。

「そんなにあるのか？」

「あるね。うちみたいに海外で仕事をしていると、しょっちゅうだよ。理由は、これか？」

同僚は、小指を立てた。私は、仕方なく頷いた。

「妻は、俺に現地妻がいると思い込んでいるんだ。友達からもそうに違いないと吹きこまれたようだな。そんなものはいないって言ったら、はしたない話だが、それじゃあっちの処理はどうしていたのかって問い詰められた」

同僚相手とはいえ、顔が火照《ほて》る思いがする。

「なんて答えたんだ」

同僚は、焼き鳥をくちゃくちゃと音を立てて噛んでいる。

「我慢していたって答えたんだよ。そうしたら、嘘つき、あなたがそんな聖人君子であるわけがないって怒り出したんだ」

私の困惑した顔を見て、同僚は笑い出した。

「正直に言えば良かったじゃないか。若い現地妻がいたって……」

「バカ野郎、そんなものはいないさ。いるわけがない」

真っ向から否定した。

「じゃあ、どうしていたんだ？」

同僚の目が、疑い深げに私を見据えている。

私は、表情を歪めて、「たまにこれで処理していた」と指で輪を作った。

「うん？　センズリか？」

同僚がにやりとした。

「違う、違う、金だよ。金で解決していた。そんなこと女房に言えないだろう」

眉根を寄せた。

「それが普通だな。その時々、金で解決する。長期駐在員の大事な心がけだ。へんに素人《しろうと》に手を出すと、痛い目に会うからな。ひどい時には、一物をちょん切られることだってある。今の流行《はや》りは、情事に耽《ふけ》っている様子を写真付きでインターネットで公表されることだ」

同僚は、中国駐在の商社マンが素人女性と深い付き合いになり、別れ話がこじれて、インターネットに抱き合っている写真などを公開されたことを愉快そうに話した。

「お前、こんな話はよくあるって言っていたな」

「ああ、よくあるんだ。俺たち、パリやニューヨークに行くわけじゃない。東南アジアの国々だ。生活環境も良くない。仕事は滅法忙《めっぽう》しい。そうなると単身赴任にならざるを得ない。それなのに経費の関係で、そう何回も帰国できない。すると、女房どもは疑い始めるんだ。浮気、現地妻……。俺たちの苦労も知らないでな。それで何年か経って帰国すると、別れましょうと言い出しやがるんだ」

同僚は、呷《あお》るようにビールを飲んだ。

「まさか、お前もか？」

私は、同僚の方に身を乗り出した。

「ああ、そのまさかだよ」

同僚は、焼き鳥の追加を頼んだ。

「ははん、だから驚かなかったのか。お前も台湾に十年もいたからな」

同僚は、我が社の初めての海外進出先である台湾の現地法人で工場の責任者をしていた。

「我が社の製品はアジアで作って、そこで販売しなけりゃじり貧だって分かっている。手始めに台湾に行ってこいだ。あそこは親日だからいいぞって言われてね。女房についてこいって言ったら、子どものことがあるから一人で行ってと言いやがった。東京での生活を変えたくないんだな。女房にするなら、火の中水の中、俺の行くところについてきてくれる奴《やつ》をもらうべきだった。後悔しても始まらないから、俺は一人で行ったよ。苦労したな。日本と同じ物を作っていたんだが、なかなか売れない。現地の飲料って甘いだろう。それで甘いのを作りたいって言ったら、本社はなかなかオーケーしない。台湾になんぞ合わした物を作れば、ブランドに傷つくなんて言う奴もいたんだ。アホかって思ったよ。日本にいたって関東は濃い味、関西は薄味って違いがあるんだぜ。現地の味覚に合わないものを作って売れるわけがない。それで俺は本社に承認を得ないで甘い物を作って、売った。ようやく売れるようになった。本社にこのことをレポートしたら、素直によくやったと言ってくればいいものを、『たまたま上手《うま》く行ったが、勝手にやったのは処分に値するぞ』って厭味《いやみ》を言われてさ。幸い処分は免れたものの、苦労したんだ」

同僚は、往時を思い出したのか、遠くを見つめた。

「お前の無鉄砲のお蔭《かげ》で、それ以降は現地にR＆D部門ができて、現地に応じた研究開発ができた。変えてはいけないことは変えてはいけないが、現地に合わせて変えていくものは変えていく。それが大事だということが我が社全体に浸透したのは、大変な功績だよ」

外国で仕事をするのは、想像以上に困難を伴う。まして工場を作るなど、巨額の投資を行う以上、失敗は許されない。日本でやったやり方がそのまま通用することは、まずない。問題が起きた時に、いちいち東京本社に伺《うかが》いを立てているようでは、絶対に上手く行かない。私も一番苦労したのは、本社の理解を得ることだった。何回も、本社の指示を無視したものだった。

「ようやくお役御免になって帰国したら、今度は女房との戦いが待っていたんだ。

温かく迎えてくれると思っていたら、案に相違して、『離婚』してくれって言われた。お前と同じだよ。違うのはお前は定年の六十歳、俺はそれより前の四十八歳の時だ。あなたは家庭を顧《かえり》みてくれなかったっていうのが理由だ。それに現地妻のことも疑っていたな」

「それで、どうした？」

同僚はビールを喉を鳴らして流し込んだ。なんだか自分のことを相談したいと思ったのに、同僚の憤懣《ふんまん》を聞くことになってしまった。

深刻な気持ちになった。

同僚は、暗い表情で私を見て、「離婚してやったよ」とぼそりと言った。

「えっ、離婚していたのか、お前」

私は驚いた。

「いや、正式にはしていない。籍はそのままさ。いわゆる別居ってやつだ。女房は、娘が結婚するまでは、籍はそのままにしておいてくれと言うんだ。それに退職金と年金も欲しいんだろうな。しっかりしているよ」

同僚は、ふっとため息をついた。

「そうだったのか……。離婚したって話は聞いていなかったから、驚いたが、別居ってことか……。それで娘さんは結婚の予定はあるのか」

「ああ、ようやくね。今年の秋だ」

「そりゃ、おめでとう。それでどうするんだ?」

「式が終わったら、正式に離婚する。そういう約束だし、もう十年以上も離れているとお互い未練もなにもない」

結婚式だけ円満な夫婦を演じ、その後は離婚する。ひょっとしたらこういう夫婦が多いのかもしれない。

私の妻も退職金の半分を要求した。それに加えて私の厚生年金のうち彼女の取り分も当てにしているのだろう。息子も就職して、婚約もすることになった。この際、自由になろうというのだ。

「お互い、悲しいな」

今夜は、悪酔いしそうだと思った。

「そうでもない」

「どういう意味だ?」

私は首を傾《かし》げた。

「俺は、離婚して、退職したら、台湾で暮らそうと思うんだ」

同僚の表情がふいに明るくなった。

「えっ、台湾で……」

「女房が、俺に台湾に現地妻がいるに違いないと疑っていたと言っただろう」

「ああ、言った。いたのか」

「いたんだ。良い子だった。台湾で大和撫子《やまとなでしこ》を見つけたような気がした」

「でも帰国する時別れたんだろう」

「ああ、きれいに問題なく別れた。ところがさ……」

同僚が思わせぶりに含み笑いを洩《も》らす。

「おいおい、もったいぶらずに話せよ」

「フェイスブックって知っているだろう」

フェイスブックは、インターネットのソーシャル・ネットワーク・サービスの一種で、仲間同士の連絡や情報交換に便利なため、世界中で利用されている。

「知っているぞ。それがどうした」

「それを通じて彼女と友達になってしまったんだ。すると、彼女、離婚して、今、一人だっていうんだよ。それならもう一度、俺とやり直すかって聞いたら、『いいね！』だってさ」

同僚の表情が崩れた。

「それで台湾か……」

少し呆《あき》れた。

「離婚が成立すれば、誰に遠慮もない。台湾に仕事があるかどうかだが、昔のコネもある。なんとかなるだろう。昔の現地妻が晴れて本妻になるんだよ。その日が、待ち遠しいんだよ。お前もそうしろ。インドネシアの現地妻と再婚だ」

彼は、ジョッキを持ち上げた。

「バカ野郎、俺には本当にそんな女はいない！」

私は、彼とジョッキを合わせず、ビールを一気に喉に流し込んだ。

妻

息子が帰ってきた。

「珍しいわね。なにか用事？」

「親父《おやじ》は？」

息子がぶっきら棒な口調で言う。

「今夜は、会社の人と飲んでくるって言ってたから、遅いんじゃないの」

今、夕方の七時半だ。

「そう、じゃあ、待ってるかな」

息子は時計を見ている。夫に何か話があるようだ。

息子は、衣料品製造メーカーに就職して、港区《みなと》にある本社勤務となり家から出て一人暮らしを始めた。以来、滅多に家に寄りつかなくなった。ある日、突然、結婚したいと言って女性を連れて現れた。なかなかの美人で、凛《りん》としていた。会社の同期だと言う。一も二もなく賛成した。結婚式は来年の春だ。

せっかく息子が来たのだ。この機会を逃さずに息子に「離婚」のことを話さなければならない。息子は、分かってくれるだろう。小学校、中学校、高校、大学、就職などなど、息子の人生の節目に夫はまったく関与しなかった。インドネシアに行ったきり。たまに帰ってきて、報告すると、「ああ、そうか。それは良かった」と言い、息子に二言三言話す。その時だけ父親の威厳があるかのように。

「なにか、作ろうか?」

「いいよ。ビール、もらうよ」

息子は、勝手に冷蔵庫を開け、缶ビールを取り出し、リビングの椅子に腰かけた。

「なにか、話があるの？」

私は、摘《つ》まみのチーズとハムを皿に盛って、テーブルに置いた。私がいるのになにも話そうとしないで夫の帰りを待つなんて、ちょっと不満だ。

息子には、そういう気の利かないところがある。夫なんか、なんの当てにもならないのに時々夫にメールなどをして相談しているようだ。特に就職してからはその気配が強い。夫が帰国した時、私が知らない息子の動向を知っていることがあるからだ。

「転勤になったんだよ」

プシッと缶ビールを開ける音がリビングに響いた。なぜだか周囲の景色が止まったような気になった。

「ほんとなの？　結婚も控えているのよ。どこなの、大阪、名古屋、横浜？」

私は、息子の会社の主要な営業拠点の都市名を挙げた。

「バングラデシュさ」

目の前が急に暗くなり、立っていられなくなった。身体《からだ》が冷えていくのが分かる。

「なんて言ったの？」

「バングラデシュさ。インドの近く……」

「知っているわよ。でもなぜそんな国へ行くの」

私は、明らかに怒っていた。なぜよりによってバングラデシュなんだ。新興国と言えば聞こえがいいが、縫製工場が入居したビルが倒壊して千人以上も亡《な》くなったことがあるではないか。病気は、水は、食べ物は……。

「そこに工場を作るんだよ。その担当さ。我が社は安くて丈夫な衣料品を作っているだろう。今は、バングラデシュが最適なんだよ。人件費は安いし、人は真面目《まじめ》だしね」

息子の会社は、安価なカジュアル衣料品を製造販売している。だから人件費の安い国に工場を作るのだ。理屈は分かった。しかし、息子が行かなくても、他の誰かが行けばよいではないか。

「断りなさい」

私は、息子の前にどんと座ると、睨《にら》みつけた。

息子は、穏やかな笑みを浮かべた。その態度は妙に大人びている。

「なぜ、断るの？」

「なぜって、危ないでしょう。そんな国」

「僕が希望したんだよ。ぜひにってね」

息子は微笑した。遠くに行ってしまうような微笑みだ。

「あなたが希望したの?」

「そうだよ。やりがいがあるじゃないか。知らない国で工場を作るんだよ」

背筋がぞくぞくとした。震《ふる》えが走った。夢を見るような、息子の目が、はるか昔の記憶を呼び起こしたからだ。インドネシアに行くと言った時の夫の目と同じだ。

「結婚はどうするの? 彼女はバングラデシュなんかについてきてくれないでしょう。破談になるわよ」

私は、ややヒステリックに言った。

「大丈夫さ。彼女も大賛成さ。一緒に行くことにしたよ」

息子は平然と言った。

「本当なの? あなた、それ、本当なの?」

私は動揺した。

「ねえ、どうして母さんは、父さんと一緒にインドネシアに行かなかったの?」

彼は優しい口調で聞いた。

私は、息子から質問されると思ってもいなかったのでさらに動揺した。

「なぜって、あなたが小さかったからよ。あなたのために日本に残ったのよ」

「そうか……。僕のためにね。それであんなに長く離れていて、幸せだった？」

「バカなことを聞かないでよ。あなたを育てるのに一生懸命だったわよ。幸せだなんて……」

私は、息子から目を背けた。

息子が微笑んだ。

「ありがとう、母さん。僕は遠くの国に行くから、これからは父さんと仲良くね」

勝手なことを言わないで。今まで散々世話になっておきながら、勝手にバングラデシュ行きなんか決めて、あとは父さんと幸せにだなんて、なんて言い草なの。

「母さん、離婚するのよ。驚いた」

私は、ちょっと得意げとでもいうのか、どんなもんだいという顔をした。

「あっ、そうなの。離婚ね」

息子は、ほんの少し動揺したように見えたが、たちまち平静に戻った。

「驚かないの」

「今、流行りでしょ、熟年離婚」

「流行りで離婚するんじゃないわよ。よくよく考えたのだから」

私は、怒った顔をした。

「そりゃ、大人なんだからよく考えたんでしょうね。理由はなに?」

「女よ、女」

私は、息子の方に身を乗り出し、怒りの表情を作った。

「へえ、父さん、浮気してたんだ? 本当なの?」

「そうよ。私、ずっと堪《た》えてきたのよ。現地妻に」

「現地妻? どういうこと?」

息子が初めてまともに反応した。真剣な顔になった。

「父さん、二十年もインドネシアにいたでしょう。帰ってくるのは、年に数日だけ。おかしいと思わない? 現地妻がいるに違いないのよ。友達も、絶対にいるって言ってたわ。だって女がいなけりゃいろいろと男の人は不便するでしょう?」

息子に言うにははばかられたが、私の苦悩を理解してもらわねばならない。

息子は、眉根を寄せ、難しそうな顔をして、黙《だま》ってしまった。

「私、ずっと父さんに女がいるに違いないって、我慢してきたのよ。だけどもうすぐ退職するし、あなたも結婚するし、妻としての役割は終えたから、もう我慢することもないと思って……」

「それで『離婚』?」

「そうよ、おかしい？」

「母さんが決めたんだから、僕は反対しないけど……」

息子は、目を伏せて、缶ビールを飲んだ。

「驚きもしないし、反対もしないの？」

私は、なんだか釈然としなかった。何も言わない息子に、かえって強く責められているような気がしてならなかった。

「父さんはなんて言ったの。浮気していたって？」

「そんなこと正直に言うわけないじゃないの」

「あのさ、余計なことだと思うけどね」

息子は、真面目な顔で言った。

「なによ？」

「覚えているかなぁ。僕が学校に行きたくないって言ったこと」

「そりゃ、あなたのことはなんだって覚えているわよ。中一の時でしょう」

「あの時、父さんが電話をかけてきたよね」

「なに言っているの。私がかけたのよ。それであなたに意見をしてもらおうと思ったのよ……」と、その時、息子はあの電話に出て、その後は、学校に通うようになったのを思い出した。「あなた、あの時、父さんとなにを話したの？」

「たいした話はしていないよ。でもこれだけは心に残っているんだ」と息子は目を閉じ、「母さんを困らせるんじゃない。父さんは遠くの国にいる。すぐには帰れない。家を守り、母さんを守るのはお前だぞ。お前は強くなければいけない……」。

「そんなことを、父さんは言ったの」

「僕ね、本当は、結構苛められていたんだよ。クラスで仲間外れになっている奴をかばったせいでね。机に落書きされたり、知らない間に鞄《かばん》に泥を入れられたり……。本当に学校に行くのを止めようと思ったんだ。でも母さんを守り、家を守るのは、お前しかいないと言われて、なんとか我慢して、強くならないといけないと思ったんだ。それで辛《つら》くても学校に行っているうちに仲間ができて、自然と苛めはなくなっていったんだよ。僕が言いたいのは、母さんを守り、家を守れっていう父さんが外に女なんか作ると思う？　僕には信じられないね。会社に入って仕事をし始めて、分かるのは、外国で仕事をするって並大抵じゃないってことさ。ましてや父さんのように一から工場を作り、販売体制を築き、経営を軌道に乗せるなんてことはね。女を作っている暇はないと思うよ」

息子が冷静に話すのを聞いていると、成長したなという喜びと共に、どうして私に味方してくれないのかという憤《いきどお》りも湧《わ》いてくる。息子が、私を守り、家を守っていたっていうの？　守っていたのは私よ、そう言いたかった。

「でも私は、ずっと父さんに無視され続けてきたのよ」

「それは父さんにも悪い点があると思う。もう少し仕事の話もすれば良かったかもしれない。でもね、頻繁《ひんぱん》に帰国していたら、現地の社員たちは、なんて思うかな。僕は、今度、バングラデシュに赴任するに当たって、先輩から向こうの国の土になるくらいの気概でやれよ、そうでないと現地の人は、お前を仲間と見てくれないぞって言われたんだ。父さんも同じだったんじゃないかな」

息子は、まるで私を諭《さと》すかのように穏やかに話した。

「あなたはもういちど父さんと話をして、現地妻がいたかどうか確かめろって言うの？」

私は、やや険しい顔で言った。

「そうだ、いいことがある」

息子は、急に、晴れやかな顔になった。

「どんないいこと？」

私は、怪訝《けげん》に思って聞いた。

「一緒にインドネシアに行き、父さんの仕事の現場を見てくればいいじゃないか。そうすれば父さんが浮気をしていたかどうかが分かるでしょう？　母さんは、疑いが生じてから父さんの生活を見るのが怖かったんじゃないの？　だから一度もインドネシアに行かなかったでしょう？」

ドキリとした。夫から遊びに来いと言われても曖昧《あいまい》に拒否して一度もインドネシアの地を踏まなかった。息子の言う通り、夫の生活を見るのが怖かったのかもしれない。もし、そこに女の影でも見つけたらと思っていたのだろう。

「私が、インドネシアに行くの？」

「そうだよ。それが一番だよ。離婚をするのはその後でいいじゃない。父さんが浮気をしていたかどうかを調査するんだよ。痕跡くらいは残っているかもよ。面白いじゃないの。僕と彼女で、飛行機代やホテル代をプレゼントするからね。父さん、絶対に喜ぶから」

息子は弾んだ声で言った。

言われてみれば、一度も夫の仕事現場に行かなかった私の落ち度はある。もし現地妻がいたということが分かればその責任の半分は私にあるだろう。許すか、許さないかは別だが……。

「ただいま」

夫が帰ってきた。

「父さん、お帰りなさい」

息子が言った。

「おう、来ていたのか」

夫が赤ら顔を崩した。

「母さんが、父さんと一緒にインドネシアに行きたいってさ。旅費は僕と彼女がプレゼントするから行っておいでよ」

息子の言葉に、夫は驚き、私をしげしげと見つめた。

「いったいどういう風の吹きまわしなのかな？」

「母さんは、父さんの浮気の痕跡を探したいんだってさ」

息子が私を見て、片目をつむった。私は、恥ずかしくなって、頬を赤らめた。

＊

飛行機がスカルノ・ハッタ国際空港に到着した。

「ジャカルタに着いたよ。疲れただろう」

夫が言った。成田《なりた》から八時間の旅だ。ジャカルタは二時間の時差があるから、今は午後四時過ぎ。東京は午後六時過ぎだ。

「いいえ、あまり揺れませんでしたし、快適でした」

私は答えた。

夫が立ち上げた工場は、ジャカルタ郊外と、スラバヤにある。今日はジャカルタに泊まり、明日から工場や営業所などを回る。ジャカルタに三日滞在し、国内線で東に飛び、スラバヤに行く。夫は、せっかくだから世界遺産のボロブドゥールの仏教遺跡を見ようという。それは中部ジャワのジョグジャカルタという街の近くにあるらしい。

「観光じゃないのよ」

私は、陽気に振る舞う夫に釘《くぎ》を刺したが、旅の終わりの日は決めていない。夫が現地妻と暮らしていた痕跡をなんとしてでも見つけてやるという強い思いがあるからだ。こうなりゃ意地だ。くやしいじゃないか。何年も疑惑を抱き続け、今から思い返せば、それを生きがいにしていたかもしれない。悲しいことだけど……。でもなにかにすがるように、たとえそれが疑惑というマイナスの思いでも持っていなければ、夫がほとんどいなかった二十年を生きることはできなかった。

荷物を持って、外に出た。むっとする熱気が襲ってきた。到着便の出口には、多くの人が待っている。

「仲間が来ているはずだが……」

夫が周囲を見渡している。

「工場長！」

人垣の中から、ひと際大きな声がした。夫はその声の方向に振りかえった。色黒の男が、夫の名前を書いたプラカードを高く掲げている。

「おお、ラスマット」

夫が彼の名を呼んだ。

「みんな来ています。ホテルで待てと言ったのですが、待てないって。みんな工場長が来るのを一日千秋の思いで待っていました」

ラスマットと呼ばれた男は、流暢《りゅうちょう》な日本語を話し、顔中に喜びを溢《あふ》れさせている。見ると、彼の背後には何人ものインドネシア人たちがいた。男、女、年配、若い人……。

夫は、次々と彼らの名を呼んだ。その度に彼らから歓声が上がる。夫と懐かしそうに握手し、抱き合っている。空港の到着ロビーは、まるで夫専用のような騒ぎだ。

「妻だよ」

夫が、彼らの前に私を押し出した。私は、どぎまぎしながら頭を下げた。

「ようこそ、インドネシアに」

彼らが一斉に声を挙げた。誰もが心から歓迎してくれているのが分かる笑顔だ。

私は、夫を見上げた。

この人、真面目に仕事をしていたみたいね。

その時、抑えがたい喜びが湧きあがってきた。私は、慌ててその喜びを抑え込んだ。まだ早いわよ、と自分に言い聞かせた。しかし、一方で良い旅になるかもしれないと、微《かす》かに微笑んだ。夫と私の失われた二十年を埋めるには、この後、いったいどれくらい旅を続ければいいのだろうかと、ふと考えた。

ハローワーク

1

「皆さん、長い間、ありがとうございました」

私は花束を抱きかかえ、深々と頭を下げた。耳元に拍手の音が聞こえる。思わず目頭を押さえた。はらりと涙がこぼれそうになった。

今日が最後の出勤日だ。定年になったのだ。

東京の下町を営業テリトリーにしているすみれ信用金庫に四十一年も勤務した。

高校を卒業し、社会のことは全く分からないまま、高校の先生の勧めで入庫した。ほとんど現場ばかりだった。真面目《まじめ》に勤務した。むしろ真面目すぎて融通がきかないとまで言われた。そのお陰なのか、定年まで支店長を務めることができた。

顔を上げた。涙で前がぼんやりとしている。部下の顔がよく見えない。

よくやったんじゃないか。自分を褒めてやりたいと言ったマラソン選手の気持ちだな。

一人の女子職員が駆け寄ってきた。洋子《ようこ》だ。総務のベテランで秘書のような役目を果たしてくれていた。

「支店長、お元気でお暮らしください。また時々、支店に顔を出してくださいね」

「ありがとう。君も元気でな」

私は洋子と握手した。洋子は、五十歳に近いはずだが、思った以上に柔らかい手だった。

「それじゃあ、みなさん、お元気で」

私は、大きく手を振り、支店の通用口から外に出た。

時間は五時になったばかりだ。夕暮れは近づいているが、まだ明るい。四月にしては暑く、夏がそこまで来ているようだ。

「さあて、真っ直ぐ帰るか」

今日は、妻の聡美《さとみ》がなにか美味《うま》い物でも作って退職を祝ってくれる予定になっている。

駅に向かって歩き始めた。商店街を抜ける。明日から、ここに来なくなるのかと思うと不思議な気がするし、なにもかもが懐かしく見えてくる。

頻繁に通った喫茶店テラスカフェ。あの店のさほど美味くないコーヒーを飲みながら、スポーツ新聞を広げるのが、午後の息抜きだった。

おお、タマがいつものように眠っている。惣菜屋《そうざいや》の看板猫だ。猫のくせに飼い主の店の総菜には目もくれない。よく躾《しつ》けられているのか、猫も食べないほどまずいのかと言われたものだが、コロッケは案外、美味い。時々、買ってきて女子職員に配って喜ばれたものだ。

「あら、支店長さん、お早いですね。どうしたんですか？　花束なんか持っちゃって」

居酒屋魚新の女将《おかみ》が声をかけてきた。暖簾《のれん》を上げようとしていたところなのだ。この店は、部下を連れたり、時にはひとりでふらりと立ち寄った。名前の通り、魚が新鮮だ。

「お世話になりました。定年になりました」

私は、わずかに目をうるませ、花束を掲げてみせた。

「それはおめでとうございます」

女将が笑みを浮かべた。

「また寄らせていただきます」

「お願いしますね。寂しくなりますね」

女将の顔がわずかに翳《かげ》った。お世辞だと分かっていても嬉《うれ》しい。

空を見上げた。一筋の涙が頬を伝って落ちた。明日からは、全く未知の生活が始まる。不安があるが、期待もある。

「さあ、行くか」

私は、一歩を踏み出した。駅は、もうすぐそこだ。

2

「あなた、しっかりしてくださいよ」

妻は、ビールを注《つ》ぎながら渋面を作った。

「退職したら、一緒に海外旅行をしようと思っていたのに……」

グラスから泡が溢《あふ》れた。慌てて口を近づける。

「そんな余裕はありませんよ。美里《みさと》だってまだ結婚していませんし、この家のローンだって完済していないんです」

妻がビール瓶をテーブルに置いた。ドンという音がした。聡美の憤懣《ふんまん》がテーブルを揺らしている。

娘は、家を出て一人暮らしをしている。出版社に勤務し、年齢は三十三歳だ。まだ結婚する気配はない。

家は、二人暮らしになったことをきっかけに改修した。二階にあった娘の部屋を潰してリビングにしてしまった。二階から外を眺めながら飲むビールが美味いと思ったからだ。改修には千五百万円かかった。確かに聡美が言うようにまだ五百万円ほどローンが残っている。

「まだまだ働いてもらわないといけません。世の中、甘くないんですから」

まさか専業主婦の妻から世の中が甘くないと諭《さと》されるとは思わなかった。

「しかしだよ、娘は自立しているし、結婚するとしても親には頼りませんって言うかもしれない。家のローンだって、五百万円だよ。そんなに無理しなくても返せるはずだ。退職金や年金もあるんだし」

「年金の満額支給は六十五歳ですよ。まだ五年も先です。その頃には年金なんてもらえないんじゃないかって週刊誌には書いてありますよ。退職金だって二千万円です。たいして預貯金もありません。これからが長いんです。この後、なにもしない、どこにも勤めないでどうして暮していくおつもりですか」

「少しくらいゆっくりしていいだろう」

私は、妻の厳しい目を避けるようにビールの泡を舐《な》めた。

「ボケます。あなたなにか趣味がありますか？　ないでしょう？　仕事ばかりで……。退職して、これをやりたいってことがありますか？　お隣の木島《きじま》さんは、なにもやることがなくて鬱病から引きこもっておられるようです。ああ怖い。私、あなたがボケられてもお世話しないですよ。今、老人ホームに入るのも至難の業で、この年で民間の完全介護の老人ホームに入るには入居時に三千万円、毎月最低五十万円もかかるっていいますよ。そんなお金はありません」

「お前だって、私と旅行くらい行きたくないのか」

私は、妻のお手製のホタルイカの醤油漬けを食べた。しょっぱいが、なかなかの味だ。

「行かないとは言いませんよ。でも旅行は気の合った友達と行くのが一番ですからね」

妻は眉根を寄せた。

「私とじゃ嫌なのか」

私も眉根を寄せた。

「そういうわけじゃありませんが、あなたと行っても特に面白くないんじゃないかと……。それよりもスポーツクラブのお仲間とか、お料理教室のお仲間とか……。私はボランティアも含めていろいろやっていますでしょう？　お友達が多いんですよ。それに引き換え、あなたときたら、仕事以外の友達はいらっしゃらないでしょう？　ですから私は、まだまだ現役で働いていただきたいんです。なにもしなければ、確実にボケますよ」

妻は、真剣な口調で言った。

「そうなんどもなんどもボケる、ボケると言うなよ。お前は、私のことを心配してくれているのか」

私のこの一言で妻の表情が明るくなった。

「ようやく分かっていただけましたか。私は本気で心配しているんです。あなたは、信用金庫をお辞めになる時、再就職先をお決めになりませんでしたね」

「ああ、たいしたところを紹介してくれるわけじゃないし、ちょっとのんびりしたいと思ったし……」

私は、ビールを止《や》めて、冷蔵庫から冷酒を取りだした。一昨日、飲んで、残りを冷蔵庫に入れていた。冷酒をグラスに注ごうとしたら、妻が冷酒の瓶を無理やり私から奪った。

「もうビールを二本もお飲みになったでしょう。あなたはのんびりするとなると、絶対に朝からお酒びたりになるだけです。あなたより先に定年になられた藤本《ふじもと》さん、あの方、どうなりましたか」

　妻が冷酒の瓶を抱えて、厳しい目つきで睨《にら》んだ。

「藤本さん……」

　藤本行雄《ゆきお》は、二年先輩だ。同じ職場で働いたこともある。比較的仲が良かった方だ。定年退職した時、嬉しそうな顔で趣味の庭いじり、野菜作りをすると言っていた。しかし最近、アルコール依存症と鬱病で入院したと聞いた。見舞いに行かなくてはならないと思っていたところだ。

「奥さまから伺いましたよ」

　妻の目がじろりと私を見つめた。

「なにを聞いたんだ」

　私は、空のグラスを弄《もてあそ》びながら聞いた。

「あの方、庭いじりや野菜作りが趣味だったでしょう。退職したら、それを思う存分やるんだっておっしゃって……。それで一年間は、それはそれは熱心におやりになっていたそうです。ところがある日、奥さまが気づいたら庭は草がぼうぼう、畑は荒れ放題。それをあの方は縁側に座ってじっと見つめて酒を飲んでおられたようです。奥さまが、庭の手入れはしないんですか、野菜が畑で腐っていますよとおっしゃっても、お酒に酔った赤い目でじっと見つめて、『うるさい』『もう、飽きたんだ』と言ってただひたすら酒を飲み続けて……。だんだん食事も取らず、奥さまとも話をせず、朝から晩までお酒、お酒、お酒……。とうとう血を吐いて入院されたんですよ。趣味というのは仕事が忙しくて成り立つものなんです。趣味だけになったらなんの楽しみもなく、なんのためにやっているんだっていう気になるんでしょうね。庭をきれいにしても誰も見てくれない、野菜を作っても誰も食べてくれない……。空《むな》しくなりますからね。だからお酒におぼれてしまわれたんですよ。あなたもそうなってもらいたくないんです。明日にでもハローワークに行ってください」

妻は私の目の前にパンフレットを置いた。それには「東京人材バンク」と書いてあった。

「これは？」

私は、それを手に取った。

「あなたのような管理職だった人の再就職先を斡旋《あっせん》してくれる機関です。そこに行って第二の職場を見つけてください。あなたのためですから」

妻は有無を言わせぬ口調で言った。

「東京人材バンクか……」

3

有楽町《ゆうらくちょう》駅の雑踏の中に立った。なんだか目まいがする。

勤めを辞めるというのはこの雑踏から遠ざかることなのだ。この駅には何度も来たことがある。それにもかかわらず全く初めての土地に降り立ったようで不安で堪《たま》らない。

目の前にあるビルを見上げる。

この十一階に東京人材バンクがある。私は、妻にもらったパンフレットを確認する。

妻があれほど仕事をしろと言うとは思わなかった。こんなことなら会社に無理を言ってでもどこか勤め先を斡旋してもらうのだったと後悔する。会社の方は、できれば自分で探してくださいという態度だった。このご時世、なかなか満足いくところがないのだろう。その雰囲気を察知したので「斡旋しましょうか」と人事部員に尋ねられた時、「結構です」と答えてしまった。あの時、なにをしたいと思ったのだろうか。特にしたいと思うことはなかった。ただゆっくり考える時間が欲しいと思っただけだ。その後で、これからのことを決めたっていいだろう、そう軽く考えていた。

しかし、妻の考えは違った。妻は友人たちの不幸な事例を持ち出して、私に働くことを強く求めた。妻の懸念は間違っていないと思う。それにもう一つはっきりしたのは、妻は私が邪魔なのだということ。家にごろごろされていたらたまったもんじゃないと思っている。朝食が終わったら、「昼飯は？」と尋ねられ、昼食が終わったら「夕飯は？」と尋ねられるような生活が耐えられないのだ。

今まで朝、私を会社に送り出したら妻は自由だった。友達と語らい、一緒に楽しんでいた。もはや妻は私とは全く関係のない異質な世界を築き、そこの住人になっていた。私と四六時中一緒にいるということは、その世界の住人から抜け出すことになる。それは絶対に嫌なのだ。だからどうしても私を朝から会社に追い出さねばならない。

結婚して、子どもが生まれ、育ててきた。妻とは同じ世界に暮らしていると思っていたが、子どもから手が離れ、自分の時間ができたころから妻は妻の世界を築いていたのだ。もはや私は、その世界に入り込むことはできない。

「再就職が女房孝行になるなら、それも仕方がないか……」

私はひとりごちた。

エレベーターが十一階についた。東京人材バンクのドアを開け、中に入る。求職者で混雑しているのかと思ったが、静かだった。男性が記入台でなにか書類を書いていたり、備え付けられたパソコンの画面を見つめていたりしている。

この東京人材バンクというのは、事務職なら課長以上、技術職や専門職なら実務経験三年以上の人材を対象とした求職、求人の斡旋を行っている。誰でもいいというわけではない。言わば管理職などのハローワーク。だから混雑していないのだろう。

私は六十歳だ。しかし身体《からだ》はまだまだ元気だ。信用金庫とはいえ、支店長の経験も充分に積んでいる。人を管理するのは慣れているというか、経験豊富だ。相応《ふさわ》しい仕事は、それほど無理を言わなければ見つかるだろう。

「あのぉ、これに記入すればいいのですか」

私は、記入台に置かれた書類を手に取り、黙々と鉛筆を走らせている男に訊《き》いた。

私と同じくらいか、少し若い感じがする。男は、ちらりと私を見上げた。邪魔するなという険を含んだ目つきだ。そしてなにも言わずに頷《うなず》いた。

嫌な奴だな、こんな奴は絶対に雇いたくない。私はそう思った。

求職カードと書かれた書類に必要な事項を記入するようだ。

佐山宏《さやまひろし》と自分の名前、住所などを記入する。資格欄がある。普通自動車免許と記入する。なんだか空白が目立つ。しかし他にめぼしい資格がない以上書くことはできない。職歴だ。ここはあなたをアピールするところだから詳しく書いてくださいと説明書きにある。少し記憶を手繰り寄せ、信用金庫に入行、その後の経歴の詳細は略して支店長として勤務した数か店の名前を記入する。ここも空白が目立つが、自分ながら信用金庫一筋に働いてきたものだと誇らしくなる。あちこち転職していないのはセールスポイントになるだろう。希望年収を記入する欄がある。

さてどれくらいがいいか？　信用金庫を退職する時は一千万円ほどあった。しかし、八百万円くらいで折り合えれば御の字だと思った方がいいだろう。そのくらいはわきまえている。

カードを書き終えた。周囲の様子を見ていると、他の男たちはそのカードを持ってコンサルタントがいる窓口に行っている。

先ほどの嫌みな感じの男は、まだ必死で書類と格闘している。男の書類の周辺には消しゴムのかすが散乱している。

なにをそんなに必死になっているのだ。自分が働いてきた証しを書くだけではないか。自信を持っていればさらりと書けるだろう。余程のダメ社員でリストラにでもなったのか？　男の人生が、あの消しゴムのかすに凝縮されているようで憐《あわ》れみを持って男を見つめた。男は私の視線に気づいたのか、私を見た。そして今度はわずかににやりと口角を引き上げた。

なぜ笑う？

私は、非常に不愉快な気持ちになり、男から視線を外して相談員の方に歩いていった。

4

「よろしくお願いします」

私は、相談員の前に座って頭を下げた。相談員は、「樋口《ひぐち》といいます」と名乗った。年齢は私より上だと思う。ロマンスグレーの髪が美しい。穏やかな笑みをたたえて私を見ている。優しそうな人に当たってよかったと思った。

「どうですか？　求人の状況は？」

私はカードを見ている樋口に世間話をもちかけた。

「有効求人倍率は、アベノミクスのお陰で好調ですね」

私は、運よく好景気に恵まれたようだ。これならすぐにいい仕事を紹介してもらえるだろう。

「でも」と樋口はカードから目を離し、私を見つめた。微笑《ほほえ》みは消えている。「それは若い人です。佐山さんは六十歳ですね」

「はい」

「五十歳を過ぎますとね、なかなか求人がなくて一歳増えるごとに五％ずつ求人が減っていきます。佐山さんは五十歳から十年を経ていますから五十％も減っていることになります。もともと五十歳では二十代の人に比べて半分ほどの求人しかありませんから……」

樋口は言葉を切って、私をじっと見つめた。それは私から答えを言わせようとしているように思えた。

「そんなに厳しいのですか」

樋口は笑みを浮かべた。口角の引き上げ具合は先ほどカードを記入していた男と瓜二《うりふた》つだった。

「その通り。極めて厳しいのです。考えてもみてください。大企業は五十歳を過ぎた人を外に出そうとします。そこで行先は中小企業しかありません。仮に五十五歳の人を中小企業が採用すると六十歳まで五年しかありません。五年となるとようやく仕事に慣れたころでしょう。ですから五十五歳の人は中小企業でも採用したくないのです。では佐山さんのように六十歳となると、どうでしょうか？」

また樋口は笑みを浮かべた。初対面では優しそうだったその笑顔が嫌みで冷酷に見えてきた。

「採用したくないですね」

「その通りですね」

「では再就職を諦めろとおっしゃるのですか」

私の脳裏に妻の怒った顔が浮かんできた。

「いや、そうは申しません。ところで佐山さん、あなたは自分の人生をどうお考えですか？」

樋口から再び笑みが消えた。

「はあ？」

私は、思いがけない質問に目を大きく見開いた。

5

人生？　そんなことを真面目に考えたことがあるだろうか。青臭い青年時代にそんなことを考えて悩んだ記憶がうっすらとあるが、信用金庫に入ってからは仕事に追われ、人生を考えることなど思いもよらなかった。いや、そんなことを考え、悩んでもなにもプラスにならない。仕事の効率化を妨げるだけだとして考えることを避けてきた。それを、まさか今、樋口から問いかけられるとは……。

「私がお尋ねしたいのは、これからの人生設計ですね。子どもが小さいのでまだまだ収入が必要だとか、もう子どもも手が離れたので好きに暮らしたいとかです。まあ、人生のゴールといったところでしょうね」

「ああ、そういうことですか。人生とはなにかって、哲学的なことを答えねばならないのかと思って焦りましたよ」

私は苦笑いした。

「これ、大事なんです。人生のゴールがね」

「そんなこと考えたこともないですね。日々、追われていましたから……。でも娘もまだ嫁に行っていませんし、お金は必要なんです。悠々自適でのんびりしていられませんね」

「でも再就職というのは、満足する人生のゴールを目指すことだとも言えるんです。今までの人生を振り返りつつ、その延長線上で生きるか、考え方を変えるか。人間の一生って棺桶《かんおけ》の蓋を蓋《おお》いて定まるというじゃないですか。どうせならご家族に見送っていただく時、『お父さんの人生は幸せだったよね』と言ってもらいたいし、佐山さんも『幸せだったよ。ありがとう』と言いたいでしょう」

樋口は、私の心の中にまで染み込んでいくような静かな口調で言った。

再就職は自分の死を意識して決めなくてはならないのか。私は、事のあまりの重大さにたじろぎを覚えつつも、樋口の真剣な表情を見ていると、なんとなく納得させられる不思議な気持ちになってくる。

「さあ、一緒に、佐山さんの信用金庫員としての人生を振り返ってみましょうか」

樋口の声が、私の耳元でひときわ高く響いた。なんだか樋口は非常に楽しそうだ。

樋口は、私が記入した求職カードを目の前に置いた。表情が引き締まった。

「このカード、ダメですね。破ってしまいたいほど意味がない」

樋口はカウンターから身体を乗り出すようにした。怒っている。

「な、なんですか？　急に」

「ここに書かれているのは経歴です。どこの支店で勤務したかだけですね。なにができるかを書いてほしいのです。これじゃあなんにも分かりません」

樋口は居丈高に言った。今にもカードを破りそうな気配だ。

なにができるか？　なにを言っているんだ。私は信用金庫で四十一年間も大過なく過ごしてきたんだ。それに支店長もやったんだぞ。

「支店長をやりましたよ」

私の表情には、樋口に対する敵意が現れていたと思う。しかし、樋口はそんなこと全く意に介さない。薄笑いを浮かべている。

「支店長ですか？　いったいなにができるんですか？　人事制度を作れますか？　給与規定は？　税務処理は？　パソコンは使えますか？　エクセルは？　パワーポイントは？　英語は？　海外勤務はありませんね？　資格は普通免許だけですか？」

樋口がたたみかける。

パワーポイント？　エクセル？　私はスーツのポケットに入っている携帯電話を思い浮かべた。まだ私は「ガラケー」を使っている。スマートフォンさえ持っていない。そんな男にエクセル、パワーポイントなどわけの分からんことを言うな。私の顔が怒りで険しくなっていくのが自覚できる。

「支店長の仕事は、営業推進、不良債権管理、人事管理などです。お取引先にも信用されていたと思います……」

私の声は、気持ちとは裏腹に驚くほどか細くなっていた。

「頭、切り替えなさい！」

突然、樋口は私を指差した。

「な、なんですか！　いったい」

私は椅子から転げ落ちそうになった。

「頭を切り替えなくては、再就職は叶《かな》わないと申し上げているのです」

「意味が分かりません」

「ここの数字です」

樋口が指差したのは希望収入の欄だ。八百万円と記入した。

「高すぎますか」

私は上目遣いに訊《き》いた。

「あのね、今、あなたには一切の専門的能力がないと分かったでしょう。いえ、分からねばならないんです。それに年齢も六十歳です。誰が八百万円も払いますか？常識外ですよ」

「ちょっと言いすぎではないですか？　それなら七百万くらい……」

樋口は、さも呆《あき》れたような顔をして「三百万円ももらえればいい方じゃないですか」と言った。

私は、目の前が急に暗くなった気がした。三百万円とは、どこから弾《はじ》きだされた数字なんだ。私は四十一年間もなんの問題も起こさず信用金庫に勤務し、支店長になり、何十人もの部下を使ってきたのだ。その私がなぜ新入社員以下の給与しかもらえないんだ。それしか価値がないと言うのか。

「……三百万円ですか」

私の声が震えていた。不思議にも樋口は優しい顔つきになった。

「分かっていただけましたか。これが実態です。現実です。実は、佐山さんのような方の再就職が最も難しいのです。佐山さんは、ゼネラリストとして頑張ってこられましたね」

「はい……」

私は素直に樋口に返事した。気持ちは完全に折れ、服従していた。

「自分にも自信がありますね」

「はい……」

「でもなにができるわけじゃない。企業が求めるのは具体的になにができるかです。実務経験豊富だけじゃだめなんです。総合的な力がおありになると思っておられるでしょうが、それは厳しい言い方をさせていただければなにもできないということです。専門的な力がなにもない。これではアピールできません。とにかく具体的な力を引き出すんです。具体的、それしかありません」

　私は樋口の言葉に圧倒されてなにも言えなくなっていた。樋口は上から覆いかぶさるような勢いで話をつづけていく。

「ではどうすればいいでしょうか？　まずは、佐山さんの希望年収をぐーんと引き下げましょう。自分の価値というものを冷静に客観的にとらえるのです。自分の市場価値をしっかりと自覚するんです。三百万円。それくらいがいいんではないでしょうか。ひょっとしたらそれ以下でもいい。そして自分には具体的になにができるかじっくりと考え、分析し、求職カードに記入してください。マネージメントならどんなマネージメントなのか？　債権管理なら具体的にどのような債権の管理なのか。とにかく自分のやってきたことの中身を具体的に記入するんです。それから会社を一緒に選びましょうよ。きっと見つかりますから」

樋口は求職カードをそっと私に返却した。

「書き直しですか？」

「はい。じっくりと書いてください。よく考えて、じっくりとね」

樋口はこれ以上ないほど、優しい笑みを浮かべた。私は背後を振り返った。記入台にいた男と視線があった。男は、嬉しそうに微笑むと、求職カードをひらひらとさせて別の相談員のいる窓口へと歩いていった。

「佐山さん……」

樋口が声をかける。

私は、我に返って樋口に顔を向けた。

「大丈夫ですか？」

「ええ、なんとか……」

「誰でもショックをお受けになるんですよ。今までの人生はなんだったのかってね。そんなに自分の価値は低いのかってね。でもこれを見てください」

樋口は自分の前にあるパソコンの画面を私に向けた。

「ここに佐山さんの当初の希望を入力してみますよ。希望年収八百万円、年齢六十歳、希望職種は管理職。これでいいですね」

「はい……」

樋口がパソコンのキーを押した。

私は、樋口にこれだけ言われても私を求めている企業があるに違いないというささやかな希望をまだ捨てられていなかった。だから待った。しかしパソコンの画面にはなかなか表示が現れなかった。ようやく「該当なし」という文字が現れた。

私は、がっくりとうなだれた。

「これが現実です」

樋口は同情的に言った。

「ありがとうございます」

私はふらふらと立ち上がった。

「求職カードの書き直しは、あちらでどうぞ」

樋口は記入台に行くように促した。

私は記入台がはるか遠くにあるように見え、一歩が踏み出せず、その場に立ちすくんでいた。

能力がない。価値がない。いったい今までなにをしていたのだろうか？　人生のゴールとは、いったいどこにある？

6

私はぶつぶつとひとりごちながら歩いた。どこをどうやって東京人材バンクから出たのか分からない。記入台で求職カードを書き直しはしなかった。とてもする気にならなかった。

通りは人で溢れていた。サラリーマンでいっぱいだ。私もつい最近まであの中にいた。そう思うだけで理由もなく涙が出そうになって、空を見上げてぐっとこらえた。

サラリーマンをやりながら人生のゴールをどこに定めようなんて考えたことはなかった。ただ一生懸命に走っていただけだ。その眼には勤務する信用金庫の経営目標しか見えていなかった。会社の目標しか見ない。それがサラリーマンの生き方ではないのか。

私には勤務しながら、次の生き方の準備をするなどという器用なことはできなかった。そういう生き方をしてきたからこそ支店長にまでさせてもらったのだ。脇目も振らずに働いてきたからこそ会社で認められた。その生き方が退職した途端に無意味になるなんて思いもよらなかった。

専門的知識がない。具体的になにができるのかはっきりしない。市場価値がない。樋口の言葉を何度も頭の中で繰り返す。

「あぁ」

私は大きなため息をついた。すれ違ったOLが不思議そうな顔で私をちらりと見た。

さてこれからどうするか。どこか喫茶店にでも入って、求職カードの書き直しをするか。手に下げた鞄《かばん》を見た。使い慣れた鞄だ。この中に求職カードが入っている。求職カードを鉛筆で書く理由がやっと理解できた。何度でも消せるからだ。あの記入台の上にはたくさんの消しゴムのかすがあった。誰もがあそこで悪戦苦闘したのだ。あのちょっと嫌みな男も何度も何度も書き直したのだろう。消しゴムのかすは、実は、求職カードを書き直した男たちの悔し涙が固まったものかもしれない。書いた文字を消すたびに自分のプライドを、人生を消していくのだ。いったいなんのために？　そう、頭を切り替えるためだ。新しい人生に適応するには頭を切り替えるしかないのだ。樋口もそう強調していたではないか。

「書き直すか。それしかないな」

私は、自分に言い聞かせるように呟《つぶや》くと、どこか適当な喫茶店がないかと歩き始めた。

ふと、妻の顔が浮かんだ。会いたいと思ったわけじゃない。

「藤本行雄……」

妻が言った男の名前が浮かんだ。

「そうだ。せっかくの機会だ。見舞いに行こう」

私は、この思いつきに矢も楯《たて》もたまらず、携帯電話を取り出して妻に電話した。

「もしもし」

「はい、あなた、どうだった?」

妻の声は、明るい。私の華々しい戦果を期待していたのだろうか。それとも私のみじめな結果を予想して楽しんでいるのか。暗く沈んだ私の気持ちは、妻のなにげない声さえ悪意に感じてしまう。

「その話は、あとだ。教えてもらいたいことがある」

「なぁに」

妻の声に不満が宿った。

「藤本さんが入院したって言ったな。病院が分かるか」

「お見舞いに行くの？」

「ああ、そのつもりだ」

「急にどうしたの？」

「いいじゃないか。なんでも」

「ちょっと待って、先日、奥さまとお電話で話した時、確か控えたはずだから」

妻が受話器を置いた。

なぜ急に藤本の見舞いを思いついたのか。

アルコール依存症と鬱病で入院しているという。そのきっかけは退職だ。なんだか他人ごとではない気がしたのだ。それとも藤本と同じ境遇に陥らないために会っておいた方がいいと本能的に察知したとでもいうのだろうか。

妻が教えてくれたのは神奈川県の外れの街にあるアルコール依存症治療で有名な病院だった。私は、早速、その病院に向かうことにした。面会できなければ、それでもよし。なんだか行き当たりばったりの思いつきの見舞いだった。

7

駅に着き、タクシーに病院名を告げた。タクシーは海岸沿いの道を走っていく。眺めるともなく海を眺めていると、たいして東京から離れていないにもかかわらず随分遠くまで来てしまったような気がした。淋《さび》しいような、せつないような気分に囚《とら》われてしまった。

「着きましたよ」

運転手が言った。目の前には白く大きな建物があった。

「ありがとうございました」

私は、料金を支払い、タクシーを降りた。その時、見舞いの花も、なにも持参していないことに思い至った。

「本当に行き当たりばったりだな。まあ、いいや」

私は勝手に自分を納得させ、病院内に入った。受付で藤本の名前を告げ、病室を教えてもらう。三階だ。

私は、エレベーターに乗り、三階に行く。病室は、相部屋ではなく、個室のようだ。

「ここだな」

私は、病室の番号を確認し、ノックした。反応がない。不在なのかと、ドアを開けた。

「藤本さん、いらっしゃいますか。佐山です」

私は声をかけた。

「いないのか……」

拍子抜けした。退院したわけではないはずなので、どこかに出かけているのだろうか。そうであればあまり重症ではないのだろう。私は藤本の所在確認のためにナースステーションに行った。

「すみません。藤本行雄さんはどこにおられるでしょうか」

私は、待機していたナースに訊いた。

「藤本さんですか？　ちょっと待ってください」

ナースは、なにやら書類を調べ始めた。そして顔を上げ「散歩の時間ですね。中庭におられると思います」と言った。

「中庭ですか。行ってみていいですか」

「大丈夫ですよ。中庭はエレベーターで一階に降りてください。後は案内板がありますから」

私は、ナースに礼を言うと、エレベーターに乗り、一階に降りた。廊下の天井に案内板が吊《つ》り下げられている。

「中庭、中庭……」

私はぶつぶつと呟きながら、案内板に従って廊下を歩いた。薄暗かった廊下の先に明るい光が見えた。

私は中庭に出た。そこは広々とし、緑の芝生が広がっていた。中央あたりに噴水があり、その周囲を色とりどりの花が囲んでいた。空気は澄み、風が心地よい。

入院着を来た患者たちが日差しの中をゆっくりと歩いている。木陰の芝生の上で足をのばし、本を読んでいたり、介護人に車椅子を押してもらったりしている患者もいる。

「いいなぁ」

私は、思わず声に出した。東京人材バンクで樋口に完膚なきまで打ちのめされた私の心がのびやかに寛《くつろ》ぐような気がした。

私は患者たちの中に藤本を探した。ベンチに腰掛けている男がいた。

「あの人じゃないかな」

少しやつれているように見えるが、藤本に違いない。

私は、急ぎ足になった。藤本さんと声をかけたいが、近くまで行って驚かせてやろう。

藤本とは同じ支店で共に課長として働いたことがあった。三十代の頃だから、二十数年前だ。藤本が貸付課、私が渉外課だった。競うように業績を上げた。二人とも若く、勢いがあった。励まし合い、自分たちの頑張りが信用金庫の業績に連動していることがたまらなく嬉しかった。その後は、出会うことはなかった。お互い支店長になり、会議などでたまに顔を合わすだけだった。藤本の方が先輩であった分、早く定年を迎えたが、その時、簡単な送別会が開かれた。その席で藤本は定年後の夢を語っていた。それがこんな病院にいるとは信じられない。

「藤本さん」

私は、ベンチに近づいて声をかけた。

藤本は反応しない。私の声が聞こえないのだろうか。

「藤本さん」

私は、もう一度声をかけた。少し声が大きくなった。

藤本の顔が、まるで機械仕掛けのようなぎこちない動きを始めた。私を見上げた。

「藤本さん、お久しぶりです。佐山です」

藤本の目に輝きがない。表情も変化しない。私を思い出そうとしている様子もない。どこかうつろで遠くを見ているようだ。

私は、芝生に膝をつき、目線を藤本に合わせた。

ほぼ二年ぶりに会うとはいえ、私のことを忘れているとは思えないのだが……。

「藤本さん、分かりますか。佐山ですよ」

私は、軽く手で、藤本の肩に触れた。

「おおぉ」

藤本が喉の奥からうめき声を出した。同時にようやく目に力が戻った。頬にも赤みが差してきた。

「ご無沙汰しています」

私は笑みを浮かべて小さく会釈した。

「佐山、佐山……」

藤本は私の名前を連呼し、ベンチに座ったまま両手を広げ、私の身体を抱え込んだ。目が涙でうるんでいる。

　私は藤本の反応に戸惑いを覚えたが、されるままにしていた。見舞いに来たことを喜んでくれていると思うと、嬉しくなった。私も涙で目の前が滲《にじ》んできた。

「思った以上にお元気そうじゃないですか」

　私は、藤本の両手を身体から外し、隣に座った。

「よく来てくれたな」

　藤本の言葉がはっきりし始めた。

「涙が出ていますよ。泣くほど喜んでいただくとは思いませんでしたよ」

　私は相好を崩した。

「恥ずかしいなぁ。すっかり気持ちが弱ってな」

　藤本は手で涙を拭った。

「私も、ついに定年になりました」

　私の言葉に藤本の表情が、急に強張《こわば》った。

「気をつけろよ」

　藤本が呟いた。

　その言葉が私の心に突き刺さった。言おうとしていることはなんとなく理解できるのだが、もっと詳しく聞いておきたい。

「どうして入院することになったんですか」

私は思い切って訊いた。

藤本は、私の顔をじっと見つめた。

「燃え尽き症候群みたいなものかな」

「燃え尽き症候群ですか?」

「ああ、一生懸命に走り続けてきただろう。それが急に止まってしまった。その時、以前とあまり変化のない暮らしを続けて、徐々にスピードダウンすればよかったんだ。ところが俺は急停車した。すると前のめりになって転倒してしまったってわけだ」

私は、藤本の比喩がなんとなく分かるようで分からない。首を傾《かし》げた。

「仕事をしないで趣味に生きると決めていた。あれもやりたいこれもやりたいと思っていた。ところが退職した途端になにもかも面白くなくなってしまったんだな。どこかに勤めて生活のパターンを取り戻そうとした時は、もう遅かった。朝から酒におぼれるようになってしまった」

藤本は、また涙ぐんだ。

「やっぱり急になにもすることがなくなるというのはダメですか」

私は、わが身に照らして憂鬱になった。

「ああ、ダメだ。所詮、サラリーマンは死ぬまでサラリーマンだ。朝起きて、仕事に行く、定められた仕事をこなし、帰宅する。この繰り返しを絶対に崩すな。仕事の中身じゃない。このパターン化した生活が、心の安定をもたらすんだ。これが気をつけろよという意味だ」

一瞬、藤本の目に強い力が宿ったように見えた。自分と同じ失敗をするなと私に忠告したい思いがあるのだろう。

「適当な仕事がないんですよ」

私は、東京人材バンクでの経験を話した。

藤本は目を閉じて、じっと耳を傾けていた。薬の作用で眠ってしまっているのではないかと思うほど静かだった。

「仕事なんてどんなものでもいいんじゃないか。ほんの少しでも世の中のためになっていればいい。そんなことより働かせてもらっていると感謝すればいいんだ。退職したら趣味三昧で暮らそうなんて思いあがったことを考えたのは、この感謝の思いがなかったんだ」

藤本は目を閉じたまま、か細い声で言った。

私は、藤本の言葉に聞き入った。まるで古代の聖人が話しているような錯覚を覚えた。

「藤本さん、そろそろお部屋に戻りましょうか」

ナースが近づいてきて藤本に囁《ささや》いた。若くて笑顔の優しいナースだ。

「もう時間でちゅか」

藤本は、わざと子どもが母親に甘えるような声で言い、ナースの手を取った。

「藤本さん、いろいろありがとうございました」

藤本は、私を振り向くこともなくナースに手を引かれて、病室へと戻って行った。

「感謝して働け……。その通りだな。給料やプライドなんかより自分を必要としてくれるところがあることを喜ばなくてはならないんだ」

鞄の中にしまい込んだ求職カードを思い浮かべた。

「ちょっと真剣に書き直してみるかな」

私は、自分の考え方が切り替わっていくことにふいにおかしくなった。

携帯電話が鳴った。

「あなた」

妻だ。

「お前か」

「どうなの藤本さんは……」

「思った以上に元気だったよ」

「そう、よかったわね。ところで今日はどうするの？　もう帰ってくるんでしょう。美里が来るのよ。あなたの退職を一緒にお祝いしようと言っているの」

美里はつきあっている相手はいるようだが、まだ結婚まで至っていない。

「分かった。そろそろ帰るとするよ。なあ、俺、働くよ」

私はぽつりと言った。

「あら、ハローワークでいい仕事が見つかったの」

妻が弾んだ声で言った。

「いや、そうじゃない。それはまだまだだが、働けるうちはどんな仕事でもいいから感謝して働こうと思ったんだ。頭を切り替えてね」

私はしんみりとした調子で言った。妻に私の真意が分かるだろうか。

「ハローワークに行ってよかった？」

妻が心配そうに訊いた。

「とても参考になったよ」

「そう、よかったわ。あなたにはいつまでも元気で頑張ってほしいわ」

「亭主元気で留守がいい、か？」

私は笑いながら言った。

「そんなこと思っていないわよ。本気でいつまでも元気でいてほしいって、そう思っているんだから。じゃあ、早く帰ってきてくださいね。待ってるから」

妻は弾んだ声を私の耳に残して電話を切った。

「今日は久々に美味いビールが飲めるぞ」

私は、藤本が消えていった病室に向かって姿勢を正し、大きく息を吸うと、深々と礼をした。

私の中の彼女

1

なにもやる気が起きない。

朝、目覚めはするのだが、起きるのが鬱陶しくて天井をじっと見つめたままで身体《からだ》を横たえている。会社に行かなくてはと強く思うようにする。しかし、極度の虚《むな》しさが襲ってきて、とめどもなく涙が流れてしまう。死にたくなるほどの虚しさというのは、こういう気持ちを言うのだろう。

実際、死のうと考えて試みてみたことがある。ロープを用意して首に巻いてみたり、ナイフを手首に当ててみたり、風邪薬《かぜ》を大量に購入してきたり……。しかし、実行には至らなかった。虚しさとの裏腹に生への執着が残っているのだろう。情けないことだ。

私が、こんな状態に陥った理由は分かっている。妻の死だ。

去年の夏、突然、天に召されてしまった。

その日私は、いつものように社用車で帰宅した。車は、家の前まで送ってくれた。運転手に、明日の朝は、少し早めに迎えに来てほしいと指示を出し、私は玄関に立った。

　理由は分からないが、胸が圧迫されるような重苦しさを感じた。狭心症という話ではない。胸騒ぎというものだった。

　慌ててインターフォンを押したが、反応がない。なぜ胸騒ぎがしたのか、その時、気づいた。いつもと違うのだ。私が帰ってきたのは、車が玄関前に着く音で分かる。それほど広い家ではない。課長時代に買ったものだからだ。そして妻が、玄関を開け、「お帰りなさい」と笑顔を向けてくれる。これが長年の習慣だった。

　それが今日はない……。妻は、どこかへ出かけると言っていただろうか。そんな話は聞いていない。なにかあったのだろうか。急用でも……。

　私は、滅多に自分でドアを開けたことがないため、鞄《かばん》の中の鍵を探した。ようやく見つけて、ドアを開けた。

「ただいま」

　誰も返事をしない。私は、息が詰まり苦しくなった。妻は、出かけるなら私にメールを寄こす。それもない。

「ただいま」

　もう一度、呼びかけて私はリビングに駆けだした。そこで見たのは、床にうつぶせで倒れている妻の姿だった。

その後は、よく覚えていない。救急車を呼び、妻を病院に運んだ。しかし、結果は最悪だった。くも膜下出血での急死だった。

脳を覆うくも膜と軟膜の間に出血する病気だ。女性の方が男性より発症が多いという。兆候はなかったのか。頭が痛いとか、手がしびれるとか言っていたことはなかったか。妻は、いつも笑顔で、そして辛抱強い。そのため身体の変調など一切、口にしなかった。私は後悔したが、後の祭りだった。

妻との出会いは極めてありきたりだった。

私と妻とは同じ銀行で勤務していた。いわゆる行内結婚というものだ。

大学を卒業して新入行員として働き始めた時、妻は私の研修担当だった。短大卒で、妻は三年目になっていたから私と同じ年齢だった。

ほっそりした体躯《たいく》に、意外なほどふっくらとした胸。艶やかな黒髪を後ろに束ねていたが、そのせいで広い額が輝いて見えた。意志力の強さを示すようなしっかりとした眉に大きな瞳。その瞳に見つめられると、私はなにも言えなくなった。ほのかに漂う香水……。

同じ年齢とはいえ、社会人として先輩だった妻は、とても大人に思えたものだった。私は、そんな大人の女性にすぐに恋をしてしまった。

机に向かっている私の後ろに立ち、事務手続きを教えたり、伝票の書き方を指導したりしてくれる際、妻がふいに前かがみになることがあった。私に覆いかぶさるように伝票などを覗《のぞ》きこもうとするためだ。その時、私の肘が、なにか柔らかいものに触れた。その瞬間、私の脳髄にしびれるような電気が走った。触れたのは、妻の胸だった。私は、この女性と結婚したいと思った。

「あなた、私の胸をわざと肘でつついたでしょう？」

亡くなる数日前、妻は、夕食時に、楽しそうに話したことがあった。

「そんなこと、あったっけ？」

私は惚《とぼ》けた。

実は、そのことははっきりと覚えていた。まだその時の感触を肘が生々しく覚えていた。

「忘れたの？」

「そんなことするわけないじゃないか」

「いや、絶対、あなた、わざとだったわ」

妻は、どこまでも明るく言った。二十代の頃の面影が、その笑顔で鮮やかに蘇《よみがえ》った。

入行後二年が経《た》ち、私たちは結婚した。共に二十四歳だった。

当時は、行内で交際していることが知られてしまうのは、ご法度だった。だからそっけない振りをするのが、表現の仕様がないほど辛《つら》かった。

仕事中も、他の行員たちと食事に行った際も、まるで知らない者同士のように振る舞っていた。

あの二人は、仲が悪いのでは……。そんな噂《うわさ》が立ったほどだった。しかし、私たちは他人に知られないように会っていた。会うと、二人のこの時間が永遠に続くことを祈り、愛おしむように激しく愛し合ったものだった。

結婚生活は、極めて順調だった。男と女の二人の子どもにも恵まれ、喧嘩《けんか》ひとつせずに暮らしてきた。

私は、五十九歳で銀行を退職して、子会社の人材派遣会社の社長に就任した。

一応、常務まで務めたが、まさか子会社の社長にしてくれるとは思わなかった。銀行とはいえ、昨今の経営環境は厳しい。たとえ役員であっても第二の職場は自分で探すことが当たり前になっている。私の先輩は自分で探した一般企業の役員に転じていった。私は恵まれていた。たまたま前任の社長、銀行時代は専務だったが、彼が退任したのだ。適当な人材がいなかったのだろう。私に白羽の矢が立った。

　それに銀行にも事情があった。銀行への人材派遣は、非正規社員化を加速するとのことで、問題化した。銀行などの大企業が、率先して従業員の正社員化を進めるべきだという社会的要請が強くなったのだ。また非正規の派遣社員を増やしても、消費税が引き上げられたため、派遣会社に支払う労務委託費（派遣料金）が高騰し、経費節減効果が薄れ、銀行にとってあまりメリットがなくなってきた。こうした理由から銀行で働く派遣社員は、徐々に銀行の直接雇用になっていく。要するに人材派遣会社は、そのうち経営が困難になると予想されていた。だから専務という重鎮ではなく、数多くいる常務である私が適任だ。そんな判断もあったのだろう。

「良かったわね」

　だがいろいろな思惑とは無関係に妻は、素直に心から喜んでくれた。ほっとしたという一面もあっただろう。私は、それほどがつがつと仕事をするタイプではない。どちらかというと周囲と歩調を合わせてやっていく仕事スタイルだ。銀行ではそれが奏功して、役員にまで出世させてもらったが、一般企業ではそれでは厳しい。他人を蹴落としてまで、自分の成績にこだわるようではないと通用しないと聞いている。妻は、私の性格をよく知っていたから、銀行子会社の社長だと聞いて、安心したのだ。

子会社の仕事は、銀行の支店や本部などにスタッフを派遣する業務だ。ほとんどが女性スタッフだ。将来的にはどうなるか分からないが、今のところは安定している。

気をつけなくてはならないのは、銀行が求めるような優秀な女性スタッフを如何《いか》にして欠員が出ないように集めるかということだ。

妻は、「私もスタッフ登録しようかな」と言った。私は、「おいおい、社長の妻と分かったら、大変だよ」と真面目《まじめ》に反対した。妻は「冗談よ」と笑った。

私は、妻に言った。

「一緒に旅行しようか」

「ええ、あなたが落ち着いたらね」

妻は、笑みを浮かべた。

ところがそれは妻の死によって儚《はかな》く夢と消えた。

私の書斎には、妻の思い出が詰まっている。壁という壁には妻のあらゆる写真が額入りで飾ってある。笑っているところ、少しすねているところ、新婚時代、私の社長就任を祝ったレストランでの様子、夏の水着姿、冬のコート姿……。ありとあらゆる妻の姿をとどめた写真だ。

そればかりではない。妻が愛用した帽子、スカーフ、コート、ドレスなどが、まるでオブジェか、タペストリーのように飾られている。本当はマネキン人形に着せたいのだが、かえって妻のイメージを損なうのではないかと思い、そのままを飾ることにした。

妻の愛用したハンドバッグ、ネックレス、イヤリング……。

息子は、この部屋に入るなり、驚いた表情で「お母さんがまだ生きているような気がするね」と言った。

「ああ、生きているさ」

私は、北海道の雪原で両手を雪でいっぱいにして、笑顔で立っている写真を眺めながら答えた。この写真は、結婚して、数年後の旅行で写したものだ。

「まさか、お母さんの遺体までどこかに保管しているんじゃないよね」

息子は、本気とも冗談ともつかぬ問いかけをした。

「そうしたかったよ。本気でね」

私は、真面目に答えた。

娘は、もっと直接的な行動に出た。

「お父さん、こんなにお母さんの写真や思い出の品を飾っちゃだめだよ。お母さんが天国に行けないから」

写真を外そうとした。

「止《や》めてくれ」

私は、娘の腕を摑《つか》んだ。

「いつまでも死んだ人の思い出に浸っていると、お父さんまで死んじゃうよ」

娘は、私の腕を振り切った。

「死んだっていいんだ」

私は、叫んだ。

「お母さん……」

娘は、崩れるように床に座り込み、大粒の涙を流した。

娘も私と同様に妻の思い出に浸っていたいに違いない。

しかし、未来がある者にとっていつまでも死者にこだわっていることは、前へ進むことができないことを意味する。だから死者のことを忘れようと努力するのだ。

私が、妻のことを忘れようと努力しないことを娘は許せないのだろう。

だが、息子や娘がなんと言おうと、この部屋から妻の思い出の品々を排除することはできない。この部屋は、私にとって「死の部屋」と言うべき存在なのだ。

妻は死んだ。その思い出に浸ることで、私は生きながら死ぬことができる。それは私が妻の死と一体になることなのだ。

息子も娘も、私になにも言わなくなった。私は、仕事から真《ま》っ直《す》ぐ帰ってきて、この「死の部屋」で過ごすことが多くなった。ここにいると、最も癒され、心を平静に保つことができる。なにせ私は、この部屋で死んでいるのだから……。

2

「社長、準備が整いました。会議室にお願いします」

人事部長が私を呼びに来た。

今日は、女性スタッフの採用面接だ。採用は、重要な仕事だ。適性を見極めて、訓練をして、銀行が望むセクションに派遣しなくてはいけないからだ。

「分かりました」

私は、席を立って会議室に向かった。

応募書類で選別した女性たちを面接に呼んでいる。私の一存で決まるようなものではない。人事部員が、実際は決めている。私は、最後の承認を与える役目だ。

会議室に入った。私は、面接官の中心に座った。左右隣は人事部長、そして人事担当役員だ。

私は言った。

「始めてください」

人事部員が会議室のドアを開けると、一礼をして女性が入ってきた。私たちの前に置かれた席にきちんと足を揃《そろ》えて坐《すわ》った。

女性は、名前を言った。私は、とりたてて質問をすることはない。人事部長が、履歴書に記入してあることを二、三、質問する。その答えを聞きながら、人事担当役員と私が視線を合わせて、頷《うなず》けば、合格だ。余程のことがない限り、不合格にはしない。

二人目の女性が入ってきた。

私は、悲鳴を上げそうになり、慌てて口を抑えた。

「どうかされましたか」

人事担当役員が怪訝《けげん》そうな顔で聞いた。

「なんでもありません」

私は答えたが、心臓は今にも爆発しそうなほど高なっていた。

彼女が、私に向かって一歩一歩近づいてくる。その靴音が、耳の中でこだまする。

私は、目を大きく見開いて彼女を見つめた。

精神はなんとか平静を保っていたが、足先にまでびっしりと汗をかいてしまうほど、身体は平静さを失っていた。

「お名前をどうぞ」

人事部長が、淡々とした口調で聞く。

「小松原洋子《こまつばらようこ》です」

「銀行勤務のご経験がおありではありませんね」

「はい、大学を卒業して、メーカーで、やはり派遣として働いておりました。あの、銀行勤務の経験がないといけなかったでしょうか」

洋子は、大きな瞳でしっかりと私を見据えて聞いた。

「そ、そんなことはありません」

私が答えると、人事部長が意外だという表情で私を見た。理由は分かっている。普段、採用面接で口を開いたことがないのに、私が彼女の質問に即答したからだ。

「安心しました」

彼女は、軽く右手を胸に当てて、ほっとした表情になった。笑みが、まるで少女のようだ。そして髪型から体つき、顔つき、その大きな瞳、喋《しゃべ》り方、声まで、何もかもが亡くなった妻の若い頃にそっくりなのだ。

彼女は、二十八歳だ。妻はそのころ、長男が生まれ、子育てに翻弄されていたが、いつも少女のように笑顔で生き生きと動いていた。そのころの妻に、彼女は瓜《うり》二つなのだ。

ドッペルゲンガーという現象があるらしい。瓜二つの存在の幻影を見ることのようだが、私が見ているのは、妻の幻影だろうか。いや、幻影などではない。実在だ。

恐怖は全く感じない。最初は、驚きもしたが、徐々に喜びが湧きあがってきた。妻が蘇ってきてくれたのだ。そんな馬鹿なことがあるものかと言われるのは承知の上だが、そうとしか思えない。

「秘書の資格をお持ちなのですね」

私は、人事部長をさしおいて質問をした。人事部長は、今度は本当に、意外だ、驚いたという顔で私を見つめた。人事担当役員まで、同じ顔をした。私は、彼らの気持ちを察したが、そんなことは気にしなかった。少し興奮していたと思う。

「はい、持っております」

「活用されたことはありますか」

「ありません。できれば活用したいと思います」

「そうですか。よくわかりました」

私は、満足げに微笑《ほほえ》んだ。

私は、人事担当役員と頷きあった。当然、採用という結果になった。

それから何人かの女性と面接したが、私は一切、質問をせず、いつもの私に戻っていた。

「あの女性が、随分、お気に入りでしたね」

人事担当役員が、薄《うっす》ら笑みを浮かべて私に話しかけた。

「誰のことですか?」

私は、惚けた。

「ほら、あの小松原なんとかという女性ですよ。社長が質問されるので驚きましたよ」

「ああ、そうですね。いい方でしたね」

私は、表情をわずかに強張《こわば》らせた。

「あの女性、確か、秘書の資格を持っていましたね。ちょうどいいじゃないですか？」

「なにがちょうどいいのですか？」

「社長の秘書の女性が結婚退社しますから、彼女をどうです？　社長の秘書に……」

人事担当役員は、私の心の中を覗きこむような上目使いになった。私は、緊張して、その目を見つめ返し、「お任せしますよ」と答えた。その瞬間、人事担当役員がにやりとした。不謹慎な奴《やつ》だと気持ちが騒いだ。

しかし、一方で期待したのは事実だ。人事担当役員は、私の思いをどう曲解したかは知らないが、彼女を私の秘書にしてくれるという発想は心底嬉《うれ》しかった。

本音を言えば、彼女を面接して以来、ずっとその顔が、姿が、私の脳裏から離れない。採用は決めたが、配属に私が意見をさしはさむことはできない。それは人事部の専管事項であり、余程の理由がない限り、私の意見が通ることはないし、私も社内秩序維持の観点からも横やりは入れないことにしている。

彼女は渋谷《しぶや》に住んでいたが、どこに配属になるのだろうか？　自宅から通えるところにすることが多いから、京王井《けいおうい》の頭《かしら》線や東急東横《とうきゅうとうよこ》線沿線の支店だろうか？　気が気ではなかった。

もう二度と会えないかもしれないと思うと、胸が締め付けられるような苦しさを覚えた。妻が還《かえ》ってきてくれたのに、またどこか知らないところに行ってしまう。それではあまりにも私の心を弄びすぎだろう。私は、誰に怨《うら》むことなく怨んでいた。

「お任せしますが、そこまでおっしゃるなら……秘書配属はいつごろになりますか」

「採用手続きが済みましたら、すぐに……」

「お世話様です」

私は、湧きあがる期待感を抑えることができず、嬉しさで笑いがこぼれ落ちそうになるのを必死でこらえていた。

3

彼女は、とても素晴らしい女性だった。

妻の若かりしころとそっくりであるばかりでなく、妻と同様に聡明《そうめい》だった。

彼女が、私の秘書として働き始めてからというもの私の仕事は極めて順調に進行した。まるでエスカレーターにでも乗って運ばれているかのように快適なのだ。

そしてなによりも毎日、妻が傍《そば》にいてくれる喜びを味わうことができるなんて……。

それでも私は、「小松原さん」と距離をおいて、やや堅苦しいほどの調子で名前を呼び、毎朝、一日のスケジュール表を確認し、指示を出すべきところは出し、そして余計な口はきかないようにしていた。

それは前任秘書に対する態度と同じだった。もし私がなれなれしくしたら、それは会社内で噂になり、風紀を乱すことになる。それでも時々、気がつかない間に彼女をじっと見つめていることがあり、「なにか?」と問いかけられて、はっと我に返ることがあった。

彼女は「小松原洋子」であり、私の妻ではない。そのことを何度も自分に言い聞かせていた。これはなかなか苦しいことだった。

彼女の情報は、日常の会話の中から入手した。

不幸なことに天涯孤独の身の上だった。父を早くに亡くし、母と暮らしていたが、その母も最近、亡くなった。兄弟姉妹はいない。

「一人ですから、気が楽です」

明るく振る舞うが、時折見せる寂しさは、孤独から来るものなのだろう。

妻も同じく両親とは早く死に分かれ、兄弟姉妹もいない身の上だった。よく私に「あなただけなのよ。この地球上で私と一緒にいてくれるのはね」と言っていたものだ。

趣味は、読書や料理など、室内で過ごすものだという。この点も妻とそっくりだった。

それに驚くのは、話し方だ。ちょっと語尾をあげるところなどが妻と同じなのだ。「どうされましたか?」と疑問を呈する時、「か?」の部分が微妙にあがるのが妻の癖だった。どこかの訛《なま》りではない。でもその癖が、私は好きだった。どこか少女の名残《なごり》をとどめているような気がしたからだ。まさか、同じ話し方をするとは思わなかった。その癖に気づいた時、思わず私は妻の名を呼んでしまった。

すると「どうされましたか?」と聞いてきたので、私は笑ってしまった。その時は、正直に「君が妻と同じ話し方をしたので、つい、勘違いしてしまったよ」と笑ってごまかした。

本当にどうしてここまで似た女性がいるのだろうか。

ひょっとして彼女はSF映画に出てくるような妻のクローンではないかと思うほどだ。死を予感した妻が、どこかの研究機関に自分の細胞を預け、自分が死ぬと夫が非常に悲しむので、クローンを作ってほしいと頼んでいた。その研究の成果が、今、実現した……。ばかな空想をしてしまう。

私は、毎晩、「死の部屋」に入り、妻に一日のことを報告する。彼女と出会って以来、妻が彼女と同じ年齢の頃の写真の前で話すことが多くなった。二人で沖縄の小浜島《こはまじま》に旅行した時の写真だ。強い風に帽子を取られそうになりながら笑顔が輝いている瞬間。私のお気に入りの一枚。

妻は、写真の中で微笑み、『なんだかお元気になられたような気がしますが、気のせいでしょうか』と問いかける。

私は、なんと答えようか迷ってしまう。彼女のことをそのまま話していいのかどうか……。元気になったことは間違いがない。会社に行くのが以前より、ずっと楽しみになった。それは彼女のせいだ。

『新しい恋人ができたのですか』

妻がさらに問いかけてくる。非難している様子は全く感じられない。むしろうきうきとした声の調子だ。

「話してもいいかい」

『どうぞ』

「恋人というのではないんだよ。彼女は、君なんだ。君が蘇ってきたんだよ」

『そんなに私と似ているのですか』

「似ているっていうレベルじゃない。君そのものさ。君の若いころ、そのままさ」

『あなた、その方を思い切って食事にお誘いになったら？』

「えっ、そんなこと……。私は社長だよ。秘書を個人的に食事に誘うなんて……」

　私は、妻の大胆な提案にたじろいだ。

『きっとあなたの誘いをお受けになると思います。あなたが私を初めて食事に誘ってくださった日のことをいまでもわすれません。あれは渋谷の小さなイタリアンレストランでしたね。あの後もあなたと時々行きましたね。あの店は今でもありますでしょう？』

「私も覚えているさ。渋谷駅の北口を出たところにあるベルマーレだったね。長くご無沙汰しているけど、まだちゃんと営業しているよ」

『ぜひ勇気を出してお誘いなさいね』

「大丈夫かな……」

　私は、妻の言葉に乗せられてしまいそうになったが、不安だった。それは社長という立場のことよりも、彼女に断られたらという不安から来る思いだった。もし、そうなればどんな顔をして彼女と接すればいいんだろうか。

『大丈夫ですよ。あなたなら』

「分かった。食事に誘ってみるよ。さりげなくね」

『そう、さりげなく。いつも私に対してそうであったように自然体でね』

妻は笑顔を見せた。

私は、さっそくベルマーレに予約の連絡を入れた。

「明日の夜、二人で……」と。そして窓際の夜の街が眺められる席を頼んだ。それは妻の大好きな席だった。

4

妻が予想した通り、彼女は私の食事の誘いに応じてくれた。私は、素直に嬉しかった。

今、彼女が私の目の前に座っている。やや憂いを含んだ横顔をこちらに向け、窓の外を眺めている。

「素敵なお店ですね」

「値段の割に美味《うま》いんですよ。なにを飲まれますか？」

「私、飲めませんので、すみません。なにかソフトドリンクでも」

　彼女は申し訳なさそうに言った。やはりアルコールは好きではないのだ。妻と同じだ。私は、嬉しくなって「ジンジャーエールにしますか？」と訊《き》いた。必ず妻が頼んでいたものだ。彼女は、笑みを浮かべて「それにします」と言った。

「ご無沙汰しています」

　店主が挨拶に来た。彼女を見て、驚き目を見張った。そしてまさかという顔を私に向けた。なぜなら妻が亡くなったことを店主は知っているからだ。私は、妻が亡くなってしばらく経ったころ、二人分を予約し、一人でこのレストランに来て、この席で食事をしたのだ。店主は私の悲しみを察してくれ、私の向かいの席に一輪の赤い薔薇《ばら》の花を飾ってくれた。

「コースにしてください。こちらにはジンジャーエール、僕には、そうだな、ハウスワインの白を」

　私は、店主に余計なことを考えさせないように急いで注文した。店主は、慌てて「はい」と言い、引き下がった。

「あの方、私を見て、少し驚かれたような表情をされましたが……」

彼女は、店主の背中を目で追った。

「そうですか？　彼、慌て者のところがあるから、なにかミスに気づいたんじゃありませんか」

「この店は、奥さまともよく来られたのですか」

「ええ、時々……」

「奥さまを亡くされてお寂しいでしょうね」

「寂しいと言えば、寂しいです」

私は、胸の奥から悲しみが込み上げてくるのに耐えた。妻と瓜二つの女性から、妻の死について同情された男など、この世にいるだろうか。その男の悲しみを想像できるだろうか。

私は、目の前にいる彼女に向かって心の底から絞り出すような声で妻の名を叫びたい衝動に駆られていた。

白ワインとジンジャーエールが運ばれてきた。

「毎日、よくやっていただいています。ありがとうございます。あなたの幸せに乾杯」

私は、彼女とグラスを合わせた。

食事が次々と運ばれてくる。

「ここは決して高くない。だけど美味《おい》しい」

私は仕事の話はしなかった。趣味の写真や絵の話等。彼女は熱心に聞いてくれた。聞き上手なところも妻に似ていた。

食事がひと通り終わり、コーヒーを飲んでいた。沈黙が二人の距離を近くしたような気がした。

「また会ってくれませんか」

私は冷静な口調で言った。

しかし、心は穏やかではなかった。激しく波だっていた。私のことを変に思うのではないか。怒って退職してしまうのではないか。悪いことが、次々と浮かんできて私は狂ってしまいそうだった。

「それはお仕事の一環でしょうか」

彼女は、悪戯《いたずら》っぽい笑みを浮かべた。

私は、彼女を見つめた。

「仕事ではありません」

私は、彼女を見つめ、きっぱりと言った。

「分かりました」

　彼女は、少し伏し目になった。

「こんなおじさんではご迷惑ではありませんか？」

「迷惑だなんてことはありません」

　彼女は、私をじっと見つめた。天にも昇る気持ちとは、こういうのだろう。彼女と別れ、帰宅したが、その間の記憶が飛んでしまっていた。どうやって帰ったのかわからない。電車？　それともタクシー？

　帰宅すると、すぐに私は、「死の部屋」に入り、妻に報告をした。

「君にプロポーズした時のようだった。不安、心配、焦燥……ありとあらゆるマイナスの気持ちが一気に吹き飛んだ。真っ黒な黒雲をロケットに乗って一気に突き抜け、青空の広がる世界に飛び込んだような気持ちだったよ」

　妻の写真が、コトリと動いた。

　妻が『よかったわね』と言っているのが聞こえた気がした。

　私は、そのまま「死の部屋」で眠ってしまった。ワインを飲みすぎたせいだろう。

『あなた……』

　妻が呼びかけてきた。

私は、うっすらと目を開けた。目の前に妻がいた。

「眠ってしまったようだね」

『風邪をひいてしまわれますよ』

「ああ、そうだね。ちゃんと寝室で寝るようにする」

『ねえ、あなた？』

「なに？」

『幸せになってね』

「なにを言うんだい？　私は、今も充分に幸せだよ。君がいるんだから」

『そうだといいんだけど』

「おかしいな。今日の君は……」

妻の名前を呼ぼうと思った瞬間、妻の姿が消えた。

「おい、おい、どこへ行ったんだ？」

私の周囲は暗闇に包まれていた。空気が流れているが、どことなく冷たさを感じた。

私は、ふたたび目を開けた。

「……夢か」

私は呟《つぶや》いた。あまりにも現実的に妻が現れたので妻がもはやこの世にいないことをすっかり忘れてしまっていた。

部屋の明かりが消え、庭に向けた戸が少し開いていた。

明かりを消したことも戸を開けたことも何も覚えていない。

あっ。

私は、妻が出て行ったのではないかと思い、戸を大きく開け、庭に出て暗闇の中で妻の名を呼んだ。

5

彼女は、会うたびに妻に、さらに似てきた。ますます妻そのものになってきた。

私は、彼女に帽子をプレゼントした。帽子が好きかどうか確かめもしなかった。

だがどうしても妻が愛用していた帽子を被ってほしかったのだ。

夏用のややつばが広く、薔薇の花の形のリボンがついている明るいグレーの帽子。

妻が購入した店に無理にお願いして特注で作ってもらったものだ。

「どうかな？」

私は、恐る恐る箱を差し出した。

彼女が、箱の蓋を開けた。目が輝いた。

「帽子ですね。素敵です。上品だし……。ありがとうございます」

彼女は、なんの躊躇《ちゅうちょ》もなく、それを被った。私は、興奮で気がおかしくなりそうだった。まさにそこに妻が現れたのだ。少し斜めに被り、小首を傾げる。なにもかもが妻そのものではないか。

その帽子は、次に会った時に被ってきた。

その日、私は、待ち合わせ場所のティールームで待っていた。店のドアが開き、彼女が入ってきた瞬間に、私は席を立って飛びあがらんばかりになった。その場にいた客がすべて消え去った。音もなく、光もない。ただ私と彼女、いや、妻との二人だけに天上界から穏やかな光が当たっている。厳粛で、静謐《せいひつ》で、まるで神々が鎮座し賜《たま》う場所のようだ。妻は、間違いなく霊界から降臨してきた。私は、そう確信した。

その日、私は、彼女にスカーフをプレゼントした。エルメス社製のものだ。勿論《もちろん》、これも妻が愛用していたものと同じデザインだ。

前回より大胆になっていた。彼女が帽子のプレゼントを嫌がらなかったことが大きいが、それよりも彼女が、どんどん本物の妻になっていくのが嬉しくて堪《たま》らなかったのだ。

私は、次々とプレゼントした。自分がこれほどまでに積極的な人間だとは思わなかった。一応は、彼女の反応に気を使っているのだが、自分の欲求がコントロールできなくなっていた。

ブラウス、スカート、スーツ、ドレス……。ネックレス、イヤリング……。

「こんなにしてもらって……」

彼女は恐縮していた。

最近は、私のことを「社長」とは呼ばなくなっていた。距離が縮まったのだ。彼女は、私の苗字《みょうじ》で呼ぶことが多い。でも時々、妻のように「あなた」と呼ぶことがある。その時は、間違いに気付き「あら、ごめんなさい」とでも言いたげな顔になる。私は、黙って笑みを浮かべている。そのうちいつでも「あなた」と呼ぶようになるだろう。

渋谷のイタリアンレストラン、ベルマーレに客は私と彼女しかいなかった。彼女は、私がプレゼントした洋服を着、スカーフを巻き、帽子を被っていた。イヤリングもネックレスもみなそうだ。健気《けなげ》な女性だ。そうすることが私を喜ばせるということを知っている。

「珍しくお客様がおられませんね」

彼女は、不思議そうに店内を見渡した。いつもは満員の客で活気に溢《あふ》れている店内は静寂そのものだ。

店主が、二人のグラスにシャンパンを注《つ》いでくれた。店主は、以前のように目を見張ることはない。静かな笑みを浮かべているだけだ。

「今日は、私たち二人だけです」

「えっ」

「貸し切りにしてもらったんです」

私がにこやかに言うと、さすがに彼女は驚いて「どうしてですか」と訊いた。

私は、黙っていた。

「教えてくださらないのですか」

彼女は焦《じ》れたように眉根を寄せた。

「気がつかれませんか。今日の日を……」

私は微笑んだ。

彼女は、困った顔で、しばらく考えていたが、とうとう観念したのか「教えてください」と小さく頭を下げた。

「あなたと出会って、ちょうど一年になるんです」

私の言葉に彼女の表情が輝いた。喜びが、顔全体を包んだ。

「あなたに会えたことを神に感謝しています。神っていういい方がおかしいですね。私は神の存在など信じていないのに……。でもそうとしか言いようがないのです。神でなければ、あなたに感謝しましょう。ありがとう」

私はシャンパングラスを掲げた。彼女も同様にグラスを持った。薄《うっす》らと目じりの辺りが光っているように見えるのは涙だろうか。

「私も、あなた……」と彼女は顔を上げ、私の反応をうかがった。私は、小さく頷いた。「あなた」という呼び方が素直に口に出るようになってきたのだ。また一段と距離が縮まった。

「あなたと出会ったことを感謝します。私は、あなたに感謝します。孤独で苦しんでいた私をここまで温かく包んで頂き、本当に幸せです」

彼女は消え入るような声で言った。

「あなたは若い。私は老人です。出会った時、本当のことを言って、怖かった。あなたに魅《み》せられてしまったからです。付き合ってはいけない。拒否されたら恥をかくだけだ……。いろいろな思いがよぎりました。でもこうして一年が経ってしまった。本当に奇跡だと思います」

「老人だなんて……。私こそ、孤独の中で心は老いてしまっていました。それを蘇らせてくださったのはあなたの存在です」

彼女は、しっかりとした口調で言った。濃い眉と大きな瞳が強い意志力を感じさせた。

私は、一瞬、呼吸を止めた。そして決意していた言葉を心の中で繰り返した。何度も何度も……。そしてようやく生身の言葉として飛び出してきた。

「結婚してください」

彼女は、私をじっと見つめた。その視線は、私の心臓を鋭く貫いた。傷みが伴ったが、私は、耐えて待った。彼女の言葉を。しかし苦しくて目を閉じた。心臓はもはや瀕死《ひんし》の状態だ。何十年、何百年、何千年の時が瞬く間に流れていく。数十億人の男と女。その中でたった二人が出会う。その奇跡のような瞬間が、ただただ喜びに包まれんことを祈った。

「はい……」

彼女が微笑んだ。

6

「私の家にきてくださいますか?」

私は言った。

彼女とは、何度となく会ったが、一度も自宅に呼んだことはなかった。それは「死の部屋」の秘密を知られたくないからだ。

彼女は、私のプロポーズを受けてくれた。もう秘密を抱いたままでいるわけにはいかない。その結果、彼女がどのように反応するか、正直言って不安だ。結婚を取りやめるというかもしれない。しかし、私は妻も愛しているし、彼女も愛している。妻そのもののように似ているから彼女を愛しているのかと言えば、それは否定できないが、それだけではない。彼女そのものを愛しているということに、私は最近気づいた。当初は、彼女の中に妻を見いだして、それを愛していた。しかし、彼女と出会いを繰り返すうち、彼女の優しさ、温かさに触れ、妻の死によって傷ついた私の心が、徐々に修復されてきた。私は、妻の思い出ばかり追っているわけではないのだ。

彼女は、私に案内されて自宅にやってきた。

「なんだかドキドキします」

彼女は、硬い笑みを浮かべた。

「狭い家です」

私は、玄関のドアを開けた。私も鼓動が高鳴るのを自覚していた。

「そんなことはないです。ご立派な家だと思います」

「支店の課長時代に買いました。もうローンは払い終えています。どうぞお入りください」

私は、彼女を家にあげ、リビングに案内した。

「きちんと片付けておられるのですね」

彼女は、ソファに腰掛けて、周囲を見渡した。

「やもめ暮らしも板についてきましたので……。コーヒーでいいですか？」

「申し訳ございません。私が……」

彼女が立ち上がろうとした。私は、坐るように言った。

私は、自分で挽《ひ》いた豆でコーヒーを淹《い》れた。リビングに芳しい香りが漂った。

私は、彼女の目の前にコーヒーを置いた。そして隣に坐った。

「このリビングには亡くなった奥さまの写真とかはないのですね」

彼女はコーヒーを口に運びながら言った。

「そうですね……」

私は曖昧に答えた。確かにリビングに妻の写真などは置いていない。特別に理由があるわけでもないのだが、リビングに写真を飾ったり、思い出の品を置いたりするのは、妻の死を完全に受け入れてからだと思っていた。

私は、彼女の肩に手を回した。彼女は、嫌がることなく身体を私に預けた。無言のまま時間が流れていった。

「お聞きしてもいいですか」

彼女が私の腕の中で顔を持ち上げた。

「ええ」

私は、彼女の髪から香るほのかな薔薇の匂いの香水に酔いそうになっていた。

「亡くなった奥さまはどんな方だったのですか？」

「知りたいですか？」

「ええ、とても……。だってひとこともおっしゃらないから。今まで」

「そうでしたか？　言いませんでしたか」

「私のことを気にかけてくださっていたのは承知していますが、結婚すると決めた以上、知っておきたいと思います」

彼女はしっかりと私を見つめた。

私は、彼女の肩に回していた腕をほどいた。

「あなたに見せたいものがあります」

私は、彼女を見つめて言った。決意したのだ。「死の部屋」に彼女を案内することを。その結果、彼女が私のことを狂人扱いして、この場から逃げ去ったとしても仕方がない。

私は立ち上がった。そして彼女の手を取って、立ち上がらせた。

「なにか怖いような気がします」

彼女は真剣な表情で言った。その表情は、間違いなく私の表情の反映だ。私自身が、相当に真剣な表情をしているのだろう。

カーテンを閉め切っているため、薄暗くなっている廊下を私は、彼女の手を握って歩いた。書斎はもうすぐだ。そこは「死の部屋」。妻が、まだそのまま眠っている。

「ここです」

「書斎ですか」

「ええ。どうぞ入ってください」

私は、ドアを開けた。

彼女は、「死の部屋」に足を踏み入れた。途端に凍りついたように彼女はその場に立ちつくした。両手で口を覆っている。声を発しそうになるのを必死でこらえているのだ。

「驚かれましたか」

私は、彼女の背後から声をかけた。彼女が振り向いた。顔が恐怖で歪《ゆが》んでいる。今にも泣き出しそうだ。

「私、私……。私がいる」

彼女は、声をひきつらせた。

「そうです。あなたです」

「この写真の帽子、この写真のスカーフ、服、スカート」彼女は、次々に指を指す。

「みんな私と同じ」

彼女は、小さな宝石箱の蓋を開けて、「きゃっ」と叫んだ。その中には、ネックレスやイヤリングが入っている。

「みんな同じ……」

彼女は、部屋の中をまるでなにかに取り憑《つ》かれたかのように歩き回った。

そして一枚の写真の前で立ち止まり、それを食い入るように見つめた。

そして青ざめた表情で私に振り向き、助けを求めるように「これは私、それとも亡くなった奥さま、どちらですか」と訊いた。

妻が、ちょうど彼女と同じ年齢だったころの写真だ。そして今、彼女は、その写真の中の妻と全く同じ服を着ていたのだ。

私は、言葉を詰まらせた。妻の写真なのだが、彼女は、私に「その写真は、あなた自身だ」と言ってほしいのだ。その強い思いが、私には伝わってきていた。

「まさか……。これは私ではなく、亡くなった奥さまですか……。まるで私そのものなのに」

彼女の声に怒りが含まれている気がした。

「どういうことなのですか」

「それは妻が、今の君と同じ年頃だった時の写真だ」

私はややうつむき気味に言った。

「あなたは私に亡くなった奥さまと同じ服を着せ、同じネックレスをつけさせたのですか?」

彼女ははっきりと怒りを表情に表した。

「君があまりにも妻に似ていたから……」

「似ていたから」と彼女は言い、笑った。「似ていたから、私と付き合ったのですか? 私は誰ですか? 小松原洋子ですか、あなたの亡くなった奥さまですか」

「君は、小松原洋子さんだ」

私は小声で言った。

「違います。私は、あなたにとっては亡くなった奥さまでしかありません。この部屋の写真、服、宝石……。いったいどうしたというのですか。まるで奥さまが、今、ここにいらっしゃるようではないですか」

彼女は部屋中を埋め尽くした写真などを指差した。

「私は、君を愛している」

私は彼女の手を取ろうとした。彼女は、私の手を振り払った。

「そう言い切れますか? これだけの思い出の写真、品々をそのままにして……。そして私に亡くなった奥さまと同じ服を着せるなんて……。どうかしています。これで私を愛していると言い切れますか」

「許してほしい」

　私は、彼女に頭を下げた。

「許すも許さないもないです。私は、今のあなたを愛しています。それなのにあなたは亡くなった奥さまを愛しておられるのです。これでは一緒に暮らすことなどできないでしょう。どうして今の私を愛してくださらないの」

　彼女は、両手で自分の胸を強く叩《たた》いた。苦しみを吐きだしているかのようだ。

「許してほしい。私は、妻を愛していた。一緒に死にたいくらいだった。しかし、あなたに会えて、生きることにした。結婚してほしい」

「あなたは亡くなった奥さまと生きればいい。私が入り込む余地などありません」

　彼女は、部屋から出て行こうとした。

「待ってほしい。私はどうすればいいんだ」

　私は必死で彼女の腕を掴んだ。

「あなたが今の私を愛してくれるなら……。あなたはこのままだと死者である亡くなった奥さまと、この先もずっとお暮らしになることになります。それは不幸なことではありませんか」

　彼女は悲しそうな表情で私を見つめた。

その時だ。部屋が大きく揺れた。

「地震だ」

私は、叫び、彼女を抱き締めた。壁がきしみ、掛けてあった写真などが次々に床に落ち、額縁のガラスが粉々になった。棚の本や、ケースの中に収められていた妻の思い出の品々が飛び出し、床に散乱する。

「危ない。こっちへ」

私は、彼女の手を摑み、ガラス戸を開け、スリッパのまま書斎の前にある庭に飛び出した。彼女は、青ざめた顔で私に強くしがみついている。

「大丈夫だよ。揺れはすぐに治まるから」

「は、はい」

「余震があるかもしれない。どこか安全なところに避難しよう」

私は、彼女を抱きかかえ、書斎に戻った。

「ひどい……」

足の踏み場もない状態だった。妻の写真は、ひとつ残らず床に落ち、額縁は粉々に壊れ、倒れた棚などの下敷きになっていた。

彼女が、屈《かが》みこみ、手を伸ばした。そして一枚の写真を摑みだした。それは先ほど彼女が食い入るように見つめていた彼女と同年齢のころの妻の写真だった。写真は、ガラスの破片でずたずたに切り裂かれていた。

「こんなになって……。可哀《かわい》そう」

彼女は、写真を見つめて、涙を流した。

「行きましょう。ここに居ては危ない」

私は、彼女を促した。

ふいに人の気配がして振り向いた。庭に陽炎《かげろう》のような人影が見えた。妻だった。笑みを浮かべ、手を振っている。

「おまえ……」

私は、力が抜けた。そして涙がこぼれた。妻が去っていくのが分かった。「死の部屋」がこれほど酷《ひど》く破壊されたのは、妻の意思だったのだ。

『さ、よ、う、な、ら』

妻の唇が動いた。

私も同様に唇を動かした。そして「さあ行きましょう」と彼女を抱いた腕にふたたび力を込めた。

「はい」

彼女は、私に身体を預けるようにして、歩き始めた。

これから私と彼女はどうなるかは分からない。彼女が、私を許してくれるかどうかは分からない。

しかし「死の部屋」が壊れてしまったことは事実だ。私は、なんとしても彼女の翻意を促し、二人で「生の部屋」を作って行かねばならないと決意していた。

参考：エーリッヒ・ヴォルフガング・コルンゴルトのオペラ『死の都』

跡継ぎ

1

ＪＲのその駅の西口を出て、北に延びる通りを歩く。

この辺りには、昔、やっちゃ場と呼ばれる青物市場があった。地元の粋を象徴する市場では、男たちが、やっちゃ、やっちゃと声をかけ合っていたという。

しかし今は、その面影はない。どこにでも見られるなんの変哲もないビルが並び、通りには車が溢《あふ》れ、歩道にはスーツ姿のサラリーマンやスマホ片手のＯＬたちが、無言で忙しく行き通う。かつてここに生きのいい男たちの声が聞こえていた青物市場があったことを覚えている人は少ない。記念の石碑がぽつねんと建っているが、立ち止まって碑文を読む人は稀《まれ》だ。

ビルに囲まれて一軒の、今にも崩れ落ちそうに古びた建物がある。壁面はすっかり錆《さ》びてしまった銅板。看板には「右衛門豆腐」とあるが、本来あるべき文字が一字欠けている。文字のあった位置にシミのように浮かんで見えるのは「正」の字だ。正式には「正右衛門《まさえもん》豆腐」というのだろう。

「おはようございます」

サラリーマンが挨拶をして店頭に立ち寄った。

「おはよう。はい、元気でね」

女が挨拶を返しながら、何本も並べられた中から迷わず緑色の容器を取りあげ、彼に渡した。彼は、にっこりとして彼女に百円玉を一つ渡した。

「おじさん、いつもありがとうね」

店の奥の作業所では釜の湯がしゅんしゅんと音を立てて沸騰している。湯気が立ち上る中で、腰を曲げるようにして男が豆の入った袋を持ち上げようとしていた。一見したところ、年齢は、とっくに七十歳を超えているだろう。日焼けした顔には深く皺《しわ》が刻まれているが、腕の筋肉は、まだ力強く盛り上がっている。

「おう、頑張れよ」

男は、彼を振り向き、笑顔で答えた。

男は、正右衛門豆腐三代目の北島正男《きたじままさお》。女は、妻の清美《きよみ》だ。

正右衛門豆腐は、正男の祖父がこの地に創業した。今から九十三年前だ。翌一九二三年は関東大震災が発生し、東京は焼け野原になった。そして一九四四年から四五年にかけて東京は米軍の猛烈な空襲を受け、ふたたび焼け野原になった。それでも奇跡的にこの正右衛門豆腐の建物だけは焼けなかった。焼け跡にぽつんと建つ、この建物が当時の写真に写っている。奇跡の豆腐屋として有名になったこともあった。三代目の正男にとっては、どんな時代であっても美味《うま》い豆腐を作り続けたことが誇りだった。

「おい、豆を釜に入れるのを手伝ってくれ」

「あいよ」

「最近、ちょっと力がなくなった気がするなぁ」

石臼器ですりつぶした豆をいれたポリ容器の前で正男は腰を伸ばす。

「しっかりしてよ。みんながあんたの作る豆腐を待ってんだからね」

清美は、明るく言い、正男の腰をぽんと叩《たた》いた。

2

「おはよう」

北島正行《まさゆき》は、一階営業室にいる行員たちに声をかけた。午前八時半。支店が開くのは九時からだが、行員たちは全員出勤し、開店準備に余念がない。

「おはようございます」

「おはようございます」

あちこちから正行に挨拶の声がかかる。

正行は、朝のこの時間が最も好きだ。部下の行員たちの明るい声を聞くと、自然とやる気が湧いてくる。

正行は、いつものように一階をぐるりと回り、そこから階段を上り、二階営業室に向かって颯爽《さっそう》と歩く。

二階営業室に着いた。営業担当の行員たちは、朝一番に出かける取引先の資料をまとめたり、貸し出し案件の稟議書《りんぎしょ》などを書いている。すでに臨戦態勢だ。

「おはようございます」

まるで誰かが指揮を執っているかのように一斉に行員たちが、正行に顔を向け、挨拶する。

「おはよう」

正行は、満足そうな笑みを浮かべて挨拶を返すと、営業室の執務机に向かった。

朝礼が始まる八時五十分まで片付けられる書類を片付けてしまおう。正行は、未決箱に入れられた書類に手を伸ばした。

「支店長、聞きましたよ」

正行の右手に座り、書類を見ていた副支店長の山野勝《やまのまさる》が、正行の様子を窺《うかが》うような目つきをして顔を上げた。

副支店長は二名。山野と、もう一人は事務担当の里村喜一《さとむらきいち》だ。里村は一階営業室にいる。

正行は、書類を繰る手を止め、「なにを聞いたのですか」と山野に質問した。

山野は、椅子を床に滑らせて、正行に近づいてきた。にやにやと笑っている。きっとあのことに違いない。本当に耳が早い奴《やつ》だ。地獄耳とは、こういう男のことを言うのだろう。

「なにって、支店長、水臭いですね」

「おやおや、朝っぱらから批判的ですね」

「六月の株主総会の後の取締役会で、執行役員になられるそうじゃありませんか。おめでとうございます」

山野は声を潜めているが、行員たちも耳をそばだてている気配を感じる。こういう人事の噂《うわさ》は、たちまち千里を走るもののようだ。

「まだ五月だよ。なにがあるか分からないです」

正行は、堅い表情のまま言った。ここで緩んだ表情を見せると、そのことがまた噂になって駆け巡る。

「私たちも嬉《うれ》しいです。この東京中央支店は、名門ですが、長く役員を出していませんでしたから」

正行が勤務するのは、ミズナミ銀行東京中央支店。東京駅の丸《まる》の内《うち》側のオフィス街の高層ビルの中にある。

「まだ正式に決まったわけじゃないですよ」

正行が、頭取に突然、呼ばれたのは三日前だ。

来たか！　と思った。株主総会の約一月前には、執行役員が決まると知っていたからだ。

今の銀行は、株主総会で選ばれる取締役は、九名しかいない。頭取、副頭取二名、専務二名がプロパーというか、銀行員だ。残り四名は社外の人たちが取締役になっている。

かつては四十人以上も取締役がいた。これではまともな議論ができないということで経営の責任を担う取締役と、取締役会の付託を受け、実際の銀行業務を担う執行役員に分けられた。

取締役にも、銀行員出身者ばかりではなく、半数近くは、社外の有識者と言われる弁護士や有名な経営者たちが就任する。

取締役のように株主総会で選ばれないからと言って執行役員に権威がないかと言えば、そんなことはない。実質的には、彼らが経営を行っているわけだ。執行役員になり、その後は、常務執行役員、専務執行役員とポストを上っていき、最終的には、代表取締役頭取兼最高経営責任者と言われる、最近よく目にするCEOというポストに就きたいというのが、銀行員の夢だ。執行役員になるということは、正行は、そのとば口にようやく到達したと言えるだろう。

頭取からは、六月の株主総会後に開催される取締役会で執行役員営業第一部長に就任してもらいたいと言われた。営業第一部長は、ミズナミ銀行の主要取引先を管轄する部で、エリートコースの一つだ。正行は、感動して、「ありがとうございます」と返すのが精一杯だった。身体《からだ》の芯が、カッと熱くなるのが分かった。

「こんなことを言うと、失礼に聞こえるかもしれませんが、支店長は私たち現場の人間の……」

山野は、言葉を詰まらせた。

「どうしましたか？」

正行は怪訝《けげん》そうな表情を浮かべた。

「なんて言ったらいいんでしょうか。現場の人間の憧れ、ヒーローなんですよ。どうせ他の役員は企画や国際畑ばかりですよ。でも支店長は、違う。数多く現場を歩いてこられ、立派な成績を収めてこられた。そこがみんなに尊敬されているんです」

山野は、じっと正行を見つめた。

言われていることは、よく理解できた。正行は、エリートポストと言われる企画部や国際部などを経験したことはない。支店勤務、いわゆるドサ回りが多い。支店長としても住宅地にある小規模支店、下町にある中規模支店と経験し、この都心の大規模支店である東京中央支店に到達した。まるですごろくだ。一歩一歩、確実に上ってきたのだ。普通、こういうタイプの銀行員の出世は途中で止まってしまう。なぜならリスクが高いからだ。支店は、不良債権、不祥事などリスクの塊で、それに直撃され責任を取らされる支店長が多い。本部は、そういうことは少ない。もし問題が発生しても経営スタッフである企画部員などに責任が及ぶことは少ない。

「ありがとう。まあ、そんなことより、朝礼の時間だ。行こうか」

正行は、すっくと立ち上がった。山野も「はい」と言い、正行を見上げた。その目は、喜びに輝いていた。

3

午後五時半、正行は駅に降り立った。妻や子どもたちは、先に行って待っているはずだ。

今日は、父の正男の喜寿のお祝いを家族でやろうということになっている。

「親父《おやじ》も七十七歳か……。結構、年をくったな」

正行は、足を速めた。執行役員の内定の話もしようと考えていた。親父は、どんな顔をするだろうか。豆腐屋の倅《せがれ》が、大銀行の執行役員になるということを手放しで喜んでくれるだろうか。

正右衛門豆腐の建物が見えてきた。相変わらず異様なほど古びたビルだ。いつ崩れるかと心配されるが、幾度の災害、危難を免れてきた。最近では、この古び具合がいいと、写真家や画家などが、ちょっと見せてほしいと訪れたり、地元の名所にも選ばれたりしたと聞いた。世の中、万事、塞翁が馬。何が幸いするか分からない。

「毎日、毎日、豆腐作りを手伝わされ、豆腐を食わされたものだったなぁ」

正男が、父の跡を継ぎ、一人で店を切り盛りし始めたのは三十代の半ばだっただろう。

正行は早朝に起こされ、一緒に豆腐作りを手伝わされた。まだ小学校低学年だったからできることは知れている。材料の大豆を洗ったり、店頭に豆腐を買いに来る主婦たちの相手をするくらいだ。

眠くて嫌になったものだが、正男は「お前は一人息子だ。この正右衛門豆腐を継がねばならないんだからな」と口癖のように言って、自分の豆腐作りを見せていた。

母の清美は、「正行には学校があるんですから」と言い、正行の豆腐屋修業には賛成でなかったようで、正男と時々、諍《いさか》いをしていた。

冬場の手を切るような冷たい水に手を晒《さら》し続けていると、手が真っ赤に腫れあがった。その手のまま学校に行くと、友達が、まるで見世物でも見物するように集まってきた。正行の、赤く腫れあがった手を見て、「赤鬼の手みたい」と言った友人がいた。なにかの絵本で赤鬼を見たのだろう。それ以来、「赤鬼の手」とからかわれるようになってしまった。正行は、そんな意地悪に負けるような柔な性格ではなかったが、それでも嫌な気がしたものだ。

正行は、成績が良かった。スポーツもできた。そうなると家業の手伝いよりも学校が面白くなる。正男も、息子の成績がよくて機嫌が悪いはずがない。仕方がないと言いつつ、正行を豆腐屋修業から解放していった。

「豆腐作りの手伝いをしないために勉強したようなものだったなぁ」

正行は、「正」の字の欠けた看板を見上げていた。

「お父さん、正行が来たよ」

清美が玄関先に現れた。

「母さん、只今《ただいま》。みんなは?」

「もう集まっているよ」

お祝いは、近くにある高級中華料理店でやることになっている。

「おう、正行、来たか」

正男が、居間の方から顔を出した。

正右衛門豆腐店の建物は、広くない。間口は、二間ほどというのか、約三メートル。奥行きも七、八メートル。三階建てになっている。一階のほとんどのスペースは、豆腐を作る作業場だ。豆をすりつぶす石臼器、煮る釜、冷やすタンク、厚揚げやがんもどきを揚げる鍋などがある。

居間は、一階の奥にある。そこに皆が集まっていた。父・正男、母・清美、正行の妻・小枝子《さえこ》、長男・正樹《まさき》、長女・小百合《さゆり》。居間が狭く、正樹の身体は少しはみ出している。

正樹は、社会人二年目。大手スーパーの社員だ。小百合は、大学二年だ。小枝子とは、最初の支店で知り合い、結婚した。

「お父さん、遅いよ」

正樹が言う。

「お前みたいな平社員と違って忙しいんだよ」

正行が笑う。

「ひどい、上から目線だな。嫌な上司！」

正樹の本気の言い方に正男らが声を上げて笑う。

「さあ、全員揃《そろ》ったから、行こうか」

正男が立ち上がる。

「それにしても異様なほど、ぼろ家だなぁ」

正行は、もう一度、店の看板を見上げて言った。

「ぼろ家なんていうな。歴史的建造物と言え。ここでお前も大きくなったんだからな」

「そうね、私のお乳の出が悪い時は、豆乳を飲ませたんだよ」

清美が懐かしそうに目を細める。

「父さん、豆乳を飲んで育ったの？　ホント？」

小百合が聞く。

「ああ、本当だよ。とびきり濃い、一番搾りのをね。そりゃごくごくと飲ませたものさ。お前たちだってこの家に来るたびに飲んでいたじゃないか」

「僕、覚えているよ。久しぶりに飲みたいな」

「お兄ちゃんのスーパーには不味《まず》い豆乳しか売っていないからね」

小百合が悪戯《いたずら》っぽく舌を出した。

「この野郎！」

正樹が拳を振り上げる。

「正樹も小百合もいい歳《とし》をして、なにを子どもっぽい言い争いをしているの」

小枝子が怒る。

「子どもだからしょうがないな」

正男が笑う。

「さあ、行くよ」

正行の掛け声とともにみんなが歩きだした。

4

「親父、俺なぁ」

食事が終わり、お茶になったころを見計らって正行は正男に執行役員になることを話そうと思った。

本当は、喜んでいい話なので食事の最中に話すべきなのだが、実は、喜びは半ばなのだ。

というのは、正行が執行役員に出世すると、間違いなく正右衛門豆腐を継ぐことはできない。正男で終わりになる。正男にしてみれば、銀行などで出世せず適当な時期に退職して、跡を継いでほしいというのが本音なのだ。

「なにか話があるのか」

正男が茶をすすりながら聞いた。

「お父さん、銀行の役員になるのよ」と小百合が言い、「あっ」と気まずそうな表情で両手を口に当てた。

「小百合！」

小枝子が叱った。

「なんだって?」

正男が真面目《まじめ》な表情になった。清美が、首を傾《かし》げている。

「ごめんなさい。喋《しゃべ》っちゃった」

小百合が、ぺろっと舌を出した。

「ホント、小百合は堪《こら》え性がないんだからな。お父さんが話すまで話しちゃだめだって言っていただろう」

正樹があきれ顔で言った。

「実は、そうなんだ。六月の終わりに株主総会があって、その後の取締役会で正式決定だ」

正行は言い、正男を見つめた。

「そうか……。よかったな」

正男は、一瞬、目を落としたが、すぐに正行を見つめ、笑みを浮かべた。

「おめでとう」

清美が言った。

「ありがとう、母さん」

「お前、幾つになった？」

「四十九歳だよ」

「四十九歳で役員というのは早いのか」

「早いと思う。通常は五十歳を過ぎてからだよ。でも人事制度が変わってね。あまり年功序列を言わなくなったんだ」

「いずれにしても我が正右衛門豆腐から大銀行の役員様が出るんだ。ご先祖もさぞお喜びのことだろう」

「大げさだよ」

正行は苦笑した。

「お祝いはどうするの？」

清美が心配そうに聞いた。

「お母様、正式に決まってからの方がいいのではないかと思います」

小枝子が言った。

「悪いな……」

正行がぽつりと言った。

「なにが？」

正男が聞いた。

「店のことさ。跡を継げない」

「そのことか。もういい」

正男は、茶をすすった。

「いいって？」

「俺で終わりにするってことだ。母さんとも話していた」

正男は清美を一瞥《いちべつ》した。

「父さんとも話したんだけどね、もうこの場所で豆腐屋は続かないだろうって。私たちで終わりにしようってね。残念だけど」

清美の表情が翳《かげ》った。

「残念だが、仕方がない。時代というものだ」

「でもバブルの時も豆腐屋を続けたじゃないか」

正男は、一九八〇年代の後半から九〇年代の初めにかけてのバブル時代に多くの不動産会社から土地の売却を持ちかけられた。地上げだ。中には、六十億円から七十億円という途方もない金額を提示する不動産会社があった。

「豆腐を作りたかっただけだよ。別にたいしたことじゃない。六十億円、七十億円もらったってなにをするんだい。遊んで暮らしても楽しくないだろ」

「おじいちゃん、七十億円！　それ、マジ！」

正樹が目を見開いて、声をあげた。

「本当だよ」

「それを、断ったの？」

「ああ、塩をまいてな」

正男が笑った。

「さすが、江戸っ子だね。カッコいいなぁ。でもそれだけ豆腐作りが楽しいってことだね。おじいちゃんの作る豆腐は本当に美味《おい》しいから」

「お兄ちゃんのスーパーで売っているのより美味しいの？」

小百合が聞いた。

「うーん、悔しいけど、おじいちゃんの方が美味しい。なにせ手造りだからね」

「おじいちゃんは、釜で大豆を煮るからな。ボイラーでぐんと圧力をかけて煮た方が効率的だが、味が違うんだ」

正男は、竈《かまど》に据えられた釜で豆を煮る。この方法を採用している豆腐屋は、今はもう少ない。竈やそこから伸びている煙突の周辺はかつて薪や石炭を利用していたため、真っ黒に照り輝いている。

「いつまで続けられるかねぇ」

清美が残念そうに言った。

「馬鹿野郎、死ぬまで豆腐屋を続けるんだ。まだ十年や二十年は死なねえぞ」

「なに、強がり言ってんのさ。この間も煮上がった豆を絞り器に入れる時、相当、気合入れていたじゃないの」

豆を釜から絞り器に移すのは通常はポンプで吸い上げるのだが、正男は、時折、熱いままの釜を持ち上げていた。その方が作業が一気に進むのだが、釜と豆の重さで腰を痛めたことがある。

「そんなに気合は入れていないぞ」

正男が顔をしかめた。

「悪いな。俺が継げなくて」

正行は、表情を曇らせた。

「なに言っているんだ。お前は、お前の道を行けばいい」

「でも、本音はどうなんだい？」

正男は、少しの間考える様子を見せ、「そりゃ、残念だ。俺はお前と豆腐を作りたかった。だから小さな時から仕事を手伝わせただろう」と悲しそうな表情を浮かべた。

「ああ、よく覚えているよ」

正行は静かに言った。

「お前はなかなか筋がよかった。しかし、学校の勉強の方が好きみたいだったからな。いつしか諦めたよ。俺の代で店を閉じるのは、ご先祖さまにも申し訳ないし、正右衛門豆腐を心待ちにしてくださるお客様もいるからな。正右衛門豆腐も三代で終わると思うと残念、無念、それが本音といやぁ本音だな」

正男は、苦い笑みを浮かべた。

「正右衛門豆腐も三代で終わりかぁ」

正樹がため息をついた。

「なにもあなたがため息をつくことないでしょう」

小枝子が言った。

「お前が、継ぐか」

正男が笑った。

「お兄ちゃんの作る豆腐なんて想像できない！　食べたくない！」

小百合が言った。

その言葉で皆が笑った。

「さあ、お開きだ」

正行の声で皆が席を立った。

とその時、正男の身体が大きく左右に揺れた。顔は青ざめ、目を閉じている。そして床に崩れ落ちた。

「あんた！」

清美の鋭く叫ぶ声が空気をつんざいた。

5

くも膜下出血だった。脳内の動脈瘤《りゅう》が破裂したのだ。救急車で病院に搬送され、緊急手術が施された。正男は、集中治療室で眠っている。ここ一両日が生死の分かれ目だと医者は言う。

正行は、病室で正男の手を取った。

正男は、口をもごもごと動かしている。なにかを言いたいのだろうか。

清美も手を取っている。その目は涙で腫れあがっている。

「父さん、父さん」

正行は、大きな声で呼びかけながら、耳を正男の口に近づけた。

「父さん、父さん、なにか言いたいの」

「……」

更に耳を近づける。

「正……、正……」

「正右衛門豆腐のことかい」

正行が聞きかえすと、正男は握っていた正行の手を驚くほど強く握った。

正男は、「正右衛門豆腐」と言っているのだ。

「正右衛門豆腐のことが心配なのかい」

正行の問いに反応してふたたび正男の手に力がこもった。

正男は、必死で生きようとしているのだろうか。あるいは、無念だが、死を覚悟しているのだろうか。いずれにしても一番気がかりなことは、正右衛門豆腐のことなのだ。食事の際には、自分の代で終わりにすると言っていたものの、本心はそうではなかったのだろう。

正行は、どう答えていいか迷っていた。ここで「大丈夫」だと答えてしまうと、それは店の存続を意味している。正男が死の床にあって心配しているのは、正右衛門豆腐の存続のことだろうと思われる。それは「大丈夫」ではない。もし正男が死ぬようなことになれば、店は早晩、閉店になるだろう。正行が、安易に「大丈夫」と答えることは、すぐに嘘になってしまうのだ。

「お前さん、お前さん」

清美が泣きながら話しかけている。正男の手を強く握りしめ、それに頬ずりをしている。

正男の頭がかすかに動き、清美の方を向いた。

「正右衛門豆腐は、私が守るからね。心配しないでいいよ」

正行には、正男が笑ったように見えた。

「おじいちゃん、元気、出してね」

正樹と小百合が声をかける。

小枝子は、黙って涙を拭っている。

正行は、正男と家族を眺めていた。昨日までこれ以上ない幸せな家族だった。それが一瞬にして悲しみに包まれてしまった。なんと人生は非情なものなのだろうか。

皆が、一族の中心であった正男のために一晩中、まんじりともせずに見守っている。

「ちょっと銀行に顔を出してくる」

「あなた……」

小枝子が、こんな時に銀行に行っていいのかという顔をしている。

「連絡はしたが、ちょっとだけだ」

副支店長の山野には、昨夜、電話で正男が緊急入院したことは連絡していた。

病院を出た。すっかり明るくなっている。正行は、眩《まぶ》しげに眼を細めた。

乗り場に停車しているタクシーに乗り、運転手に東京中央支店の住所を伝えた。

正右衛門豆腐が自分の代で終わることを残念だと言った時の正男の声、表情、醸し出す雰囲気が迫ってきた。

瞼《まぶた》の奥に若い頃の正男が見えてきた。その傍《そば》では幼い正行が動きまわっている。

「こらぁ、タライに豆腐を入れるな」

正男が怒った。

正行が、おもちゃのタライに豆腐を入れたのだ。

「これでままごとするんだ」

正行が言った。

「ままごと、そんなことする間があったら手伝え……」

正男は押し黙り、じっとタライに入った豆腐を見つめていた。

「どうしたの？」

「ちょっと貸せ」

正男は、正行のタライを取りあげた。それを覗《のぞ》きこんだり、上に掲げたり、手を差し入れて豆腐を摘《つ》まんで口に入れたり……。

「父さん、なにしてるの？」

「こりゃ、面白いな」

正男は、荒物屋からタライを買ってきて、そこに豆乳、にがりを入れ、固めてタライ豆腐として売りだした。

そのネーミングの面白さから人気が出て、正右衛門豆腐のタライ豆腐を買い求める客が列をなした。

「親父は、四六時中、豆腐のことばかり考えていたなぁ」

タクシーが止まった。

「着きました」

運転手が言った。

正行は、タクシーの窓から支店が入っているビルを見上げた。少し霞《かす》んで見えた。目をこすり、顎の辺りに手を当てた。無精髭《ひげ》が伸びている。

「髭を当たらないとだめだな」

正行は、行員入り口から支店に入った。支店は、営業を開始している。

「私が、急に休んでもなんの支障もなく銀行は営業を続けている……」

正行はひとりごちた。

支店長という職務は、組織における一つの機能に過ぎない。正行でなければいけないということはない。正行にもしものことがあれば、すぐさま誰かが代行する。組織は寸時も止まることはできないからだ。この事実は、当然のこととはいえ、正行は寂しさを覚えた。その寂しさは、胸にさざ波を立てた。

「支店長」

驚いた顔で副支店長の山野が弾かれたように席を立ち、駆け寄ってきた。

「迷惑をかけてすみません」正行は頭を下げ、「支店長室によろしいですか」

「はい」

正行は支店長室に入った。髭面を客に見せるわけにはいかない。

山野は、緊張した表情で正行の後に従い、支店長室に入った。

正行は山野と向かいあってソファに座った。

「お父様のお具合は……」

山野が心配そうに顔を歪《ゆが》めた。

「あまりよくありません。今日、明日が山のようです」

「それはご心配なことです」

山野は、さらに顔を歪めた。

「今日どうしても会わないといけないお取引先はありますか」

正行の問いに山野は、たちまち数社の名前をリストアップし、「すべて、支店長の御都合がつかなくなったと連絡し、あらためて日程を調整するとご連絡してあります」

「父のことを話したのですか」

正行の表情が険しくなった。取引先に父の入院を連絡すると、いらぬ気を使わせることになる。

山野は一瞬、表情を曇らせた。

「お伝えしました。申し訳ございません。急なご変更でしたので」

「そうか、仕方がありませんね」

正行は、その他急な案件についても聞いた。山野はそれらも適切に処理していた。仕事は順調に進んでいた。

「正右衛門豆腐は休みだなぁ」

正行の口から、ふと思いがけない言葉が飛び出た。

目の前の山野が怪訝《けげん》な表情を見せた。

「ああ、すまない。独りごとだ」

「お父様のお店のことが気がかりでございましょう。美味しいお豆腐をお作りになっていますから。実は、私も頂いておりますから」

「君が？」

「ええ」

山野ははにかんだような笑みを浮かべた。

「妻が、ニュースでタライ豆腐が採りあげられているのを拝見いたしまして、それで買いに行ったんです。楽しくて、それでいて美味しくて……。私は、豆腐をオリーブオイルと塩で頂くのが好きなんです」

「しゃれているね」

正行も笑みを浮かべた。

「スーパーの豆腐では、そうはいきませんが、正右衛門豆腐は、ワインにも格別に合うんですよ」

山野は嬉しそうに目を閉じた。豆腐の味を思い出しているのだろうか。

「こんなに近くに親父が作る豆腐のファンがいたなんて、嬉しいよ」

「しばらくお店はお休みになるんでございましょうね」

山野は、さも残念そうに言った。

正行は、山野の顔を見た。副支店長としてではない。正右衛門豆腐の客としてだった。いったい何人の山野が、悲しんでいることだろう。店に張り紙もしていない。そんな時間もなかったし、家族全員が正男に付添っていたため、客に休業を知らせるということに思いもよらなかった。正男がいなければ、正右衛門豆腐の全機能がストップしてしまうのだ。

正行の瞼に、早朝、豆乳を求めて立ち寄るサラリーマンやOLの姿が浮かんだ。張り紙もなく店が閉まっているのを見て、途方にくれていることだろう。

正右衛門豆腐の一番搾り豆乳は、隠れた名品だ。絞り器から滴り落ちる豆乳を木綿布で濾《こ》して、おからと豆乳に分ける。これが一番搾り豆乳だ。これを清美が、名前入りの豆乳容器に入れていく。客たちが、預けているマイ・ポットだ。その豆乳は、にごりもない本当の純白だ。温かく喉越しはさらりとしているが、味わいは濃厚で、香り高く、しっかりとした豆の味がする。

これでなきゃだめなんです。一日の活力の素です。毎日飲んでます。客たちは、笑顔でマイ・ポットを清美から受け取って、雑踏へと消えていく。

近所の主婦や料亭も、豆腐を買いに来て、店が閉まっていることに驚くだろう。いったいなにがあったんだろうと、ガラス戸を叩く客もいるかもしれない。

正行の心の中になにかがうごめき始めた。

「正右衛門豆腐を閉めるわけにはいきません」

正行は、どこか遠くを見つめるような目つきになった。

「多くのお客様がいらっしゃるでしょうから」

山野が答えた。

「父が守り続けた正右衛門豆腐を待っている客が多いんです」

正行は、身を乗りだし、山野をぐっと睨《にら》んだ。山野は、その迫力に思わず身を引いた。

「そ、そうでしょうね」

「私がやるしかないんです」

正行は、立ち上がった。

「支店長！」

山野は、正行を見上げて声をあげた。

「山野さん、私がやるしかないんです。私しか跡継ぎがいないんですから」

「支店長、お待ちください」

「私がやるしかありません」

「支店は、銀行は……」

「代わりがいるじゃないか」

「執行役員ご就任はどうされるのですか」

「断ります」

正行は、山野をふたたび睨んだ。

「支店長、落ち着いてください。お疲れなんです」

山野が立ち上がって両手を広げて正行を制した。

「私は、疲れてはいません。支店長や執行役員の代わりは誰でもいますが、正右衛門豆腐を継ぐ者は私しかいないんです。私がやらなければ、父にもしものことがあれば、正右衛門豆腐を愛してくれた客はどうなるんでしょうか」

「余計なことを申し上げてすみませんでした。短慮はお止めください」

「山野さんだって困るでしょう」

「豆腐はスーパーでも買えますから」

「スーパーの豆腐は美味くないと言っていませんでしたか」

正行は、山野の肩を両手で摑《つか》んだ。山野は眉根を寄せ、口をへの字に曲げた。

「ワインには正右衛門豆腐でないと合わないと言ったのは嘘なのですか」

「……それは嘘ではありませんが」

山野は、弱々しく答えた。

正行は、ソファに崩れるように座り、頭を抱えた。

山野もソファに座りなおした。

「支店長、私がこんなことを言うのは大変僭越《せんえつ》ですが、お父様は支店長が銀行でご出世されることを望まれているのではないでしょうか。いえ、私たち、支店長にお仕えしている者たちもそれを望んでおります。支店長のように現場に目配りのできる方に執行役員になっていただきたいと願っております。私はお世辞で申し上げているのではございません。これは本心でございます」

山野の切々とした話しぶりに正行は顔を上げた。

「家族で、父の喜寿を祝っていたんです。父は、父は、豆腐一筋です。正右衛門豆腐は自分で終わりだ。三代で終わりだって……。その顔が寂しそうで、悲しそうで……。すみません。昨日の今日で、少し取り乱してしまいました。あなたがちゃんと支店を管理してくれていますから安心です」

「恐縮です」

「また病院に戻りますが、いいですか」

「どうぞ、ご安心してください。お父様を見舞ってあげてください」

正行は立ち上がった。

「行ってきます」

支店長室のドアに手をかけた。背後で山野が静かに頭を下げる気配がした。

6

「あなた！　今、どこ！」

小枝子の声が携帯電話から悲鳴のように聞こえてくる。

「今、病院の前だ」

正男の容態が急変したのか。

「すぐ、すぐ病室へ来て。いいわね。すぐよ」

「分かった」

携帯電話を切ると、それをスーツのポケットにしまい、正行は病院の廊下を走り始めた。

チキショー。間に合えよ。なんで支店に顔なんか出したんだ。正行は、後悔した。もし間に合わずに正男が死んでしまったら、業務が順調に行われているかの確認のためとはいえ支店に行った数時間を一生後悔することだろう。正行がいなくても業務は順調に進んでいく。銀行というのはそういうものだ。頭取が不祥事で突然、引責辞任しようとも業務は滞ることはない。そんなことは百も承知だったはずだ。正行も仕えた支店長が急に病で倒れるという事態を経験したが、その時もいつもと変わらず支店を運営したではないか。組織というのは、そういうものだ。歯車に過ぎないという惨めなことを言うつもりはない。誰もがそれを承知で組織の一員となり、その中で個性を発揮しようとしているのだ。だからその人間が生きている時代は、彼の個性が光る。しかし死んだり、引退すれば、別の個性が光り出す。組織は、多くの個性を光らせながらずっと続いていく。冷酷な見方をすれば人間が組織を光らせ、存続させているのではない。組織そのものが存続するために人間を光らせ、生かしているのだろう。組織が主で人間が従だ。

そのことを正行は、正男が倒れたことで改めて思い知らされた。正右衛門豆腐は、組織ではない。正男そのものだ。三代目というのは暖簾《のれん》であって組織ではない。暖簾を守ってきたのは正男だ。正男が正右衛門豆腐の味を伝えてきた。その正男がいなければ、正右衛門豆腐は間違いなく消えてしまう。誰でもいいから跡を継いだらいいというものではない。正男が作る豆腐の味を身体で覚えている者でなければ跡を継ぐことはできない。暖簾というのはそういうものだ。単なる看板ではないのだ。先祖の味を記憶して、それを次の世代に引き継いでいく。味に独自の工夫を加えるのは、先祖の味を記憶しているからできることなのだ。正男は、タライ豆腐など、多くの新しい味を開発した。それは先祖の味を正男がしっかりと記憶しているからだ。

息が上がる。病室は三階だ。エレベーターを利用する時間はない。正行は、階段を駆け上がる。

「親父の豆腐の味を記憶しているのは俺だけだ」

正行は、走りながら呟いた。正男は、死の床にあって正右衛門豆腐のことが一番の気がかりなのだ。祝いの席では、自分で終わりだと強がりを言っていたが、あれは本音ではない。

どうすればいいんだ。

正行は、心に聞いた。山野は、俺の出世が支店行員の希望だと言った。あの言葉は本心だろう。現場一筋の人間が執行役員になることは少ない。銀行員の大半は、本部などという中枢部門を経験することがない。表現は悪いがドサ回りと言われる支店勤務で銀行員生活を全うする。本部は、せいぜい研修で訪ねるくらいが関の山だ。正行も本部経験はない。ドサ回り専門だった。それにも拘《かか》わらず執行役員になれば、多くの行員の励みになることは間違いない。

どちらかに決めねばならない。正行は、病室の前に立った。スライドドアに手をかける。思い切って引き、ドアを開けた。

「あなた！」

小枝子が叫んだ。清美が正行を見た。正樹と小百合が、同時に「お父さん」と言った。正男の傍に医者と看護師が立っている。

間に合わなかったのか。激しい後悔の気持ちが沸きおこる。

「親父！」

正行は、急いで正男の傍に駆け寄る。

「あなた、正行だよ」

清美が言う。

「親父、しっかりしろよ」

正行は大声で話しかける。正男が目を開けようとしている。間に合ったのだ。正行は、ほっとした。

正男が口を動かしている。

「なんだ、なにが言いたいんだ」

正行は耳を近づける。

「正、右衛門、豆腐、頼む……」

正男が今にも息が途切れてしまうような声で言う。

「分かった。分かった。心配するな」

「正、右衛門、豆腐……」

正行は迷った。どう答えればいいのだ。天に召されようとしている正男に、その場限りの慰めを言っていいのか。全く覚悟なしに、ただ正男の心を落ち着かせるためだけの言葉を言っていいのか。

「正、右衛門豆腐を……」

正男が呟く。

正行は、目を閉じ、心を静めた。そして正男の手を握った。

「親父、心配するな。俺が跡を継ぐ。正右衛門豆腐の暖簾は守る。銀行を辞め、豆腐屋になる」

正行の言葉に正男がうっすらと笑みを浮かべたように見えた。正行の手を握り返した。

「あなた、そんな……」

小枝子が、目を見開いて驚いている。

「正行、お前……」

清美が、言葉を失っている。嬉しいのか驚いたのか分からない複雑な表情だ。

「親父、俺は決めた。正右衛門豆腐を三代で終わりにするわけにはいかない。銀行は俺がいなくても回る。だが正右衛門豆腐はそういうわけにはいかない」

正行は、正男の手を強く握った。

「あなた、本当にそれでいいの?」

小枝子が眉間に皺を寄せている。突然の正行の跡継ぎ宣言に戸惑っているのは明らかだ。

小枝子は、銀行員の家庭で育った。だから銀行員である正行との結婚には、なんら迷いがなかった。しかし、急に豆腐屋のおかみになる覚悟はできない。正男の手前、取り乱すようなことはないが、正行になんとか翻意してもらいたいという気持ちがその表情ににじみ出ている。

「正行、お前、本気なのかい」

清美が聞いた。

「ああ、迷ったけど、決めた。親父を安心させたいからな」

「銀行には伝えたの」

小枝子が聞いた。

正行は小枝子を見て「まだだ。でもすぐに退職を申し出る。すまないが、勝手を言わせてくれ」と頭を下げた。小枝子の表情が曇った。

「お前さん、正行が店を継いでくれるってさ。安心していいよ」

清美が言った。

「お父さん、銀行辞めるなよ」

正樹が言った。

正行が顔を上げ、正樹を見た。正樹は真剣な顔を正行に向けている。

「よくよく考えて決めたことだ」

「お父さん、銀行の仕事、誇りに思っていたじゃない。やりがいがあるって」

「ああ、誇りに思っているぞ」

「それなら辞めるなよ。みんなお父さんのこと、期待しているんだろう。役員にもなるんだし、裏切ることになるんじゃないか」

「裏切る……か。でも分かってくれると思う。それよりは親父を安心させたい。それが子どもの務めだ」

正行は、正樹を見つめて強い口調で言い、うっすらと笑みを浮かべた。

正樹は黙った。真剣になにかを考えている。

「お父さん、僕が正右衛門豆腐を継ぐよ」

正樹は呟くように言った。

「正樹……、お前」

正行は言葉を繋《つな》ぐことができなかった。

「お兄ちゃん、偉い」

小百合が弾んだ声で言った。

「小百合、お黙りなさい」

小枝子が叱った。

正樹は、正男の耳元に口を近づけると、「おじいちゃん、俺が正右衛門豆腐を継ぐからね。安心していいよ。お父さんみたいな年寄りに任せるよりいいだろう」と声を張り上げた。

「正樹、お前、それ本気なのか」

正行は聞いた。

「本気だよ。俺は、おじいちゃんの作る豆腐が大好きさ。どうしたらあんな美味い豆腐を作れるんだろうって、スーパーの仕事の参考になるかもしれないと休みが取れた時に、おじいちゃんに作り方を教えてもらっていたんだよ」

「正樹、会社の方はいいのか」

「大丈夫さ。これでも期待されているとは思うけど、俺はおじいちゃんと豆腐を作っている時、実は、この仕事を継いでもいいかもなって思っていたんだ」

「本当にいいの？」

　小枝子が念を押した。

「任せてよ。お母さん。俺が継げば、お父さんは銀行を辞めなくて済むしさ。お父さん、本当は銀行を辞めたくないんだろう？」

　正樹が自信のある笑みを浮かべた。

「正樹……、ありがとう」

　正行は、声を絞りだした。胸の奥から熱いものが込み上げてきた。

「おじいちゃん、いいだろう、俺が跡継ぎで。お父さんのようなロートルよりマシだよ」

　正樹が正男の耳元で話しかけた。

　正男の目からうっすらと涙が流れ落ちた。

「お前さん、嬉しいね。安心おしよ。正右衛門豆腐は大丈夫だからね。孫が継いでくれるってさ」

清美の声に正男が笑みを浮かべたと思ったら、がくりと頭が揺れた。

医者が、正男の瞼を広げた。

「ご臨終です」

「お前さん！」

病室に清美の悲鳴が響いた。

7

「おはようございます」

早朝、サラリーマンが正右衛門豆腐に立ち寄る。

「はい、前田《まえだ》さんのはこれだね」

清美が豆乳の入った容器を差し出す。

「これを飲まないとね。一日が始まんないんだよ」

サラリーマンは、店の奥で忙しく働く若者を見て「あれ、あの若い人は?」と聞いた。

「孫なんですよ」

「お孫さん……。ああ、そうか。親父さん、急なことで。残念だったね」

「でも孫があやって跡を継いでくれたからね。あの人も安心して天国に行けましたよ」

清美が正樹の方を振り向いた。

「美味しい豆乳、美味しい豆腐、これからも頼んだよ」

サラリーマンが正樹に声をかけた。

正樹は、サラリーマンに振り向き仕事の手を止め「ありがとうございます」と頭を下げた。

サラリーマンは、豆乳の容器を高く掲げると、朝の雑踏の中に足早に消えていった。

［初出誌］「月刊　ジェイ・ノベル」
耳したがう　二〇一四年四月号
おうちに帰ろう　二〇一三年七月号
紙芝居　二〇一三年一〇月号
ゆるキャラ　二〇一四年七月号
夫、帰る。　二〇一四年一月号
ハローワーク　二〇一四年一一月号
私の中の彼女　二〇一五年三月号
跡継ぎ　二〇一五年六月号

実業之日本社文庫 え12

退職勧奨《たいしょくかんしょう》

2015年10月15日　初版第1刷発行

著　者　江上《えがみ》 剛《ごう》

発行者　増田義和
発行所　株式会社実業之日本社
〒104-8233　東京都中央区京橋 3-7-5 京橋スクエア
電話 [編集]03(3562)2051 [販売]03(3535)4441
ホームページ http://www.j-n.co.jp/
印刷所　大日本印刷株式会社
製本所　大日本印刷株式会社

フォーマットデザイン　鈴木正道（Suzuki Design）

ISBN978-4-408-55255-2（文芸）